सुन्दर काण्ड.

सरल हिन्दी कविता में

धरमपाल आर्य

PG PUBLICATION

दिल्ली-110089, (भारत)

संस्करण : 2019
ISBN : 978-81-942084-0-2

प्रखर गूँज साहित्य प्रकाशन संस्था
एच **-3/2,** सेक्टर-18, रोहिणी, दिल्ली-110089
दूरभाष : **7982710571, 7838505899**

पहला संस्करण : 2019
मूल्य : **295/-**

शब्द संयोजन : लाल चन्द्र यादव

आवरण : दुर्गाप्रसाद

सुन्दर काण्ड

by **Dharmpal Arya**

Published by
PRAKHAR GOONJ PRAKASHAN
Delhi – 110089
E-mail : prakhargoonj@gmail.com ,
sinha.neelu123@gmail.com, (मो.) **7982710571, 7838505899**

श्री राम जय राम जय श्री राम जय राम

श्री राम जय राम जय श्री राम जय राम

श्री राम जय राम जय श्री राम जय राम

बजरंग बली की जय - दुर्गा माता की जय

धरम पाल आर्य

सरल लेखक कवि

हल्द्वानी जिला नैनीताल, उत्तराखण्ड, भारत

सुन्दर काण्ड

ॐ श्री गणेशाय नमः

श्रीमद् संत शिरोमणि गोस्वामी तुलसी दास जी महाराज जी द्वारा रचित
श्री रामचरित्र मानस पर आधारित।

श्री राम चरित मानस

भाग-5

सुन्दर काण्ड

सरल हिन्दी कविता में

अपने स्वर्गीय माता-पिता श्रीमती हिरूली देवी, श्री कालूराम आर्य की याद में समर्पित

त्वमेव माता च पिता त्वमेव।
त्वमेव बन्धुश्च सखा त्वमेव।
त्वेमव विद्या द्रविणम त्वमेव।
त्वेमव सर्वम् मम देव देव।।

सहयोगी- श्रीमती गंगा देवी आर्या
लेखन स्थान- पतलोट ओखलकाण्डा जिला नैनीताल उत्तराखण्ड (भारत)।

प्रारम्भ - 01-11-1994
पुनः रक्षित - 27-01-2017

रचयिता

धरम पाल आर्य

सरल लेखक कवि

संगम विहार काठगोदाम हल्द्वानी,
जिला नैनीताल, उत्तराखण्ड, भारत
मोबाइल नं० - 8954344276

आदि गुरु श्री हनुमान जी

ईश्वर अपने चरित्र के लेखन के लिए अपने भक्तों को ही चुनता है। यह अवसर उनको ईश्वर की कृपा से प्राप्त हुआ है। इसलिए उनको बहुत-बहुत बधाई।

इनके द्वारा रचित सुन्दर काण्ड प्रकाशित होने जा रहा है यह समाज के उत्तम हित की बात है। श्री धरम पाल आर्य जी द्वारा रचित सुन्दर काण्ड की भाषा अत्यन्त सरल एवं योग्य है अतः समाज इस रचना का लाभ उठाकर अपने जीवन को सुखी, सम्पन्न तथा सफल बना सकता हैं।

इन पर श्री राम जी कृपा हमेशा बनी रहे यही हमारा शुभ आशीष है।

लेखक- विश्वनाथ शर्मा,
सेवा निवृत्त प्रवक्ता
आगरा, यू०पी०

श्री राम जय राम जय जय राम

जय बजरंग बली

लेखक वंशीधर बहुगुणा हल्द्वानी जिला नैनीताल (रैन्जर वन विभाग)

धरम पाल आर्य सरल लेखक कवि की

संक्षिप्त जीवनी

भारत माँ की गोद में देवों की भूमि उत्तराखण्ड के जिला अल्मोड़ा तहसील रानीखेत के ग्राम लोटना पो०ओ० सगनेटी में 21 मार्च 1958 को जन्मे धरम पाल आर्य के पिता श्री कालूराम आर्य माता हिरूली देवी मेहनत मजदूरी करके अपना जीवन यापन करते थे। धरमपाल अपने माता-पिता की आठवीं संतान हैं, देव योग से सात भाई-बहिनों ने बाल्यावस्था में ही अपना जीवन का सफर पूर्ण कर लिया, बुढ़ापे में मेहनत मजदूरी न कर पाने के कारण धरम पाल की पढ़ाई का खर्च उनके लिये बोझ बन रहा था, धरम पाल को पाँचवी से आगे नहीं पढ़ाने का निश्चय किया, किन्तु कुशाग्र बुद्धि व पढ़ाई में रूचि रखने वाले 'धरमपाल' ने खुद भी मेहनत मजदूरी कर आगे की पढ़ाई जारी रखी नतीजन राजकीय इण्टर कॉलेज देवली खेत, जिला अल्मोड़ा से इण्टर मिडियेट की परीक्षा 1975 में हिन्दी साहित्य से पास कर ली। आर्थिक तंगी के कारण आगे की पढाई को विराम देना पड़ा। फिर इनका चयन भूमि संरक्षण वन प्रभाग नैनीताल में वन रक्षक के पद पर हो गया। नौकरी के साथ-साथ ये लेखन कार्य भी करते रहे। इन्होंने अनेकों कथा, कहानियां लिख डाली।

साहित्य में विशेष रूचि रखने वाले 'धरमपाल' के आर्दश संत शिरोमणि महाकवि गोस्वामी तुलसीदास जी महाराज हैं। वे बचपन से ही श्री हनुमान चालीसा, श्री राम चरित मानस का पाठ करते आ रहे हैं। 17 दिसम्बर 1977 को इनका विवाह गंगा देवी के साथ सम्पन्न हुआ। जो सरल हृदय गृहिणी हैं। धरम पाल के अनुसार नित्य राम-नाम का स्मरण, मनन, चिन्तन, लेखन कार्य करना चाहिये। यही सच्चा सुख है।

श्री राम जय राम जय जय राम

जय बजरंग बली

आजतक 'धरम पाल आर्य' ने निम्नांकित धर्म ग्रन्थों को सरल हिन्दी कविता में रचना की है।

श्री राम चरित मानस गोस्वामी तुलसीदास महाराज द्वारा विचरित पर आधारित।

१. बाल काण्ड

२. अयोध्या काण्ड

३. अरण्य काण्ड

४. किष्किन्धा काण्ड

५. सुन्दर काण्ड

६. लंका काण्ड

७. उत्तर काण्ड

आदि कवि बाल्मीकि महाराज द्वारा विरचित पर आधारित।

८. लव कुश काण्ड। (जय बजरंग बली कल्याण अंक पर आधारित)

९. श्री राम अश्व मेघ यज्ञ (पद्य पुराण के पाताल खण्ड पर आधारित)

गोस्वामी तुलसीदास महाराज जी द्वारा रचित ग्रन्थों पर आधारित।

१०. विनय पत्रिका

११. गीतावली

१२. कवितावली

१३. जानकी मंगल

१४. पार्वती मंगल

१५. श्री हनुमान बाहुक, श्री हनुमान चालीसा।

१६. कृष्ण गीतावली।

१७. बरवै रामायण।

१८. वैराग्य संदीपनी।

१९. शिव चालीसा।

२०. शनि चालीसा।

२१. श्री शिव महापुराण पर लेखन कार्य जारी है।

-:विनतीः-

गुरुर्ब्रह्मा गुरुर्विष्णु गुरुर्देवो महेश्वरः ।

गुरुः साक्षात परब्रह्म तस्मै श्री गुरुवे नमः।।

मैं अपने निराकार गुरू महाभक्त कवि श्री गोस्वामी तुलसी दास महाराज के चरण कमलों में पुष्प अर्पित कर बार-बार प्रणाम करता हूँ।

अपने पूज्य श्री गुरू जी चरणों की, वन्दना करता हूँ। जिनकी महान कृपा से एक तुच्छ नीच पापी मानव भी प्रभु श्री सीता राम जी का स्मरण कर रहा है। मैं अर्न्तयामी प्रभु श्री सीता राम जी के चरणों की वन्दना करता हूँ।

नीलाम्बुजश्यामलकोमलाङ्गं सीतासमारोपितवामभागम।

पाणौ महासायक चारुचापं, नमामि रामम रघुवंशनाथम।।

मैं भगवान शंकर के ग्यारहवें रूद्र अवतार श्री हनुमान जी की आरती करता हूँ। हे बजरंग बली मेरे सारे अवगुणों को दूर कर मुझे श्री राम-नाम लेखन कार्य करने में मेरी दुष्ट बुद्धि को दूर कर मुझे सतबुद्धि प्रदान करने की कृपा करें।

मैं अपनी दुर्गा माँ, के चरणों में बार-बार प्रणाम करता हूँ। विनय करता हूँ हे माँ मुझे श्री सीता राम जी की भक्ति पुनः प्रदान करने की कृपा करें। जय माँ

मैं सभी देवी देवताओं को बार-बार प्रणाम करता हूँ। दुष्टों से सदा मुझे अलग ही रखें।

मैं सरस्वती माता को बार-बार प्रणाम करता है। विनती करता हूँ हे माँ 'राम-नाम स्मरण मनन, चिन्तन, लेखन में अपनी दया से सहयोग करें प्रभु में अपने अवगुणों को क्या लिखूँ आप अर्न्तयामी हैं। आपसे कुछ छिपा नहीं है। मेरी भूल को क्षमा करो मुझे राम नाम लेखन में मूल शक्ति प्रदान करने की कृपा करें।

॥ श्री राम जय राम जय जय राम ॥

सरल लेखक कवि

(धरम पाल आर्य)

लेखन स्थान-पतलोट ओखलकाण्डा,

जिला नैनीताल उत्तराखण्ड।

सुन्दर काण्डः- (जय हनुमान)

शान्त, सनातन प्रमाणों से परे।
मोक्ष रूप परम शान्ति देने वाले।।
ब्रह्मा, शिव जी निरंन्तर सेवित।
देवताओं के कष्ट हरने वाले।।

वेदों के द्वारा जानने योग्य।
सर्व व्यापक प्रभु अर्न्तयामी।।
देवताओं में सबसे बड़े।
सुन्दर मनुष्य रूप में सबके स्वामी।।

करूणा की खान रघुकुल में श्रेष्ठ।
सब पापों को हरने वाले।।
समस्त राजाओं के शिरोमणि।
श्री राम चन्द्र कहलाने वाले।।

मैं बार-बार श्री जगदीश्वर की।
मैं वन्दना करता हूँ।।
हे प्रभु रक्षा कीजिये।
मैं चरणों में रहता हूँ।

हे प्रभु में सत्य कहता हूँ।
हर प्राणी की आप हैं अर्न्तआत्मा।।
निराकार, साकार दोनों हैं।
आप ही हैं परम परमात्मा।।

दूसरी हृदय में इच्छा नहीं है।
यह सब ही जानते हैं।।
आदर देकर मुझे सब।
श्री "राम" सेवक मानते हैं।।

हे रघुकुल श्रेष्ठ मुझे।
अपनी पूर्ण भक्ति दीजिये।।
मेरी दुष्ट बुद्धि को।
हर प्रकार हर लीजिये।।

काम, क्रोध आदि दोषों से।
मन को स्वच्छ कीजिये।।
मेरे सारे अवगुणों को।
अपने में समा ली जिये।।

अतुल बल के धाम सोने के।
पर्वत सुमेरू के समान।।
कान्ति रूप शरीर धारण करने वाले।
सारे जग के अर्न्तयामी महान।।

समस्त दैत्य रूपी वन को।
क्षण में जला डालने वाले।।
ज्ञानियों में अग्रगण्य।
हाथ में गदा सभांलने वाले।।

सम्पूर्ण गुणों के निधान।
समस्त बानरों के स्वामी।।
"श्री राम" चन्द्र के परम भक्त।
संसार के अर्न्तयामी।।

पवन पुत्र श्री हनुमान जी को।
मैं प्रणाम करता बार-बार।।
हे प्रभु रक्षा कीजिये।
सत बार आपको नमस्कार।।

जामवान के सुन्दर वचन सुनकर।
बड़े प्रसन्न हुये श्री हनुमान।।
बोले भाई तुम ठीक कह रहे।
इसी से है सबका कल्याण।।

तुम सभी लोग दुख सह कर।
कन्द मूल फल खाकर।।
"राम"-नाम का स्मरण कर।
इस समुद्र में नहाकर।।

तब तक मेरी राह देखना।
जब तक लौट न आऊँ।।
माँ "सीता" के दर्शन कर।
सुन्दर खबर तुम्हें सुनाऊँ।।

मुझे "सीता" माता जी के।
अवश्य ही होंगे दर्शन।।
जिससे हमसब वीरों का।
हर्षित ही होगा मन।।

क्योंकि मेरे मन में।
बड़ा ही हर्ष हो रहा है।।
"सीता राम" सीता राम"।
मेरा मन कह रहा है।।

प्रभु श्री "राम" का स्मरण कर।
सबको मस्तक नवा कर।।
प्रसन्न मन से हनुमान जी।
चले प्रसन्न होकर।।

एक बड़ा सुन्दर पर्वत था।
समुद्र के ही किनारे।।
खेल-खेल में चढ़ गये।
श्री बजरंग बली हमारे।।

श्री "राम"-नाम का वे।
स्मरण कर रहे बार-बार।।
पर्वत ने बजरंग बली को।
हाथ जोड़ कर किया नमस्कार।।

वह पर्वत हनुमान कृपा से।
धँस गया पाताल में।।
बड़े वेग से उछले फिर।
श्री "राम-नाम के ख्याल में।।

प्रभु श्री "राम" का अमोघ बाण।
चलता ही है जिस प्रकार।।
हनुमान जी चल पड़े हैं।
उसी वेग से उसी प्रकार।।

समुद्र ने उन्हें अपने मन मे।
श्री "राम चन्द्र" को दूत समझ कर।।
विश्राम देने के लिये कहा।
'मैनाक' पर्वत को नमन कर।।

हे "मैनाक" तू इनकी।
थकावट दूर कर दे सारी।।
अब उन्हें लंका जाने की।
करनी ही है तैयारी।।

हनुमान ने मैनाक को।
हाथ से शीघ्र छू दिया।।
"राम"-नाम का स्मरण कर।
लंका को प्रस्थान किया।।

कहा हे मैनाक पर्वत।
स्वीकार करो मेरा प्रणाम।।
श्री राम चन्द्र के कार्य में।
मुझे नहीं है विश्राम।।

देवाताओं ने हनुमान जी को।
स्वर्ग से देखा जाते।।
पवन समान उड़ रहे हैं।
श्री " राम"-नाम ही गाते।।

उनकी बल बुद्धि की परीक्षा।
का विचार मन में लेखा।।
सुरसा सांपों की माता को।
इसी दृष्टि से देखा।।

सुरसा नागों की माता।
कहने लगी श्री हनुमान से।।
बल, बुद्धि के निधान।
अर्न्तयामी महान से।।

आज देवताओं ने प्रसन्न होकर।
मुझे सुन्दर दिया है आहार।।
सच में मुझे मिलता रहे।
ऐसा भोजन बार-बार।।

सुरसा के वचन सुन कर।
हनुमान जी कहते हैं।।
श्री "राम चन्द्र" जी के कार्य में।
हम सदा ही रहते हैं।।

श्री "राम चन्द्र" जी का कार्य कर।
जब तक लौट न आऊँ।।
"सीता" माता की प्रभु को।
सच्ची खबर सुनाऊँ।।

हे माता तब में आकर।
तुम्हारे मुँह में घुस जाऊँगा।।
तुम मुझे फिर खा लेना।
मैं "राम" भक्त ही कह लाऊँगा।

हे माता मैं सत्य कहता हूँ।
अभी मुझे तू जाने दे।।
अति शीघ्र जी जाना है।
श्री "राम" नाम तू गाने दे।।

जब किसी उपाय से।
सुरसा ने जाने नहीं दिया।।
हनुमान" बोले मुझे खा ले।
राम" नाम का स्मरण किया।।

सुरसा ने चार कोस में।
अपना मुँह फैलाया।।
हनुमान ने अपने शरीर को।
उससे भी दूना बढाया।।

सुरसा ने अपने मुख को।
सोलह योजन का किया।।
हनुमान ने बत्तीस होकर।
अपना परिचय दिया।।

जैसे -जैसे सुरसा अपना।
बढाती रही मुख का विस्तार।।
तुरन्त दूने होकर हनुमान ने।
दिखलाया अपना चमत्कार।।

सुरसा ने चार सौ कोस का।
अपना मुख फैलाया।।
पवन पुत्र ने बहुत ही छोटा।
रूप अपना बनाया।।

हनुमान सुरसा के मुख में घुसकर।
तुरन्त बाहर निकल आये।।
सिर नवा विदा मांगने लगे।
श्री राम नाम से हरषाये।।

बोली मैंने बल और बुद्धि का।
भेद जान लिया है।।
हे पवन पुत्र हनुमान तुमसे।
मैंने ज्ञान लिया है।

जिस कार्य के लिये मुझे।
देवताओं ने यहां भेजा था।।
परीक्षा ले रही थी मैं।
जिसमें और औचित्य क्या था।।

तुम श्री राम चन्द्र जी का।
सब कार्य करोगे 'हनुमान"।।
तुम बल और बुद्धि में।
सदा ही हो महान।।

"सुरसा ने हनुमान" जी को।
यह आशीर्वाद दिया।।
हनुमान ने हर्षित होकर।
लंका को प्रस्थान किया।।

समुद्र में एक राक्षसी।
रहती ही थी बड़ी भारी।।
वह माया करके आकाश में।
उड़ने वालों को पकड़ती बेचारी।।

आकाश में जो भी जीव जन्तु।
हमेशा उड़ा करते थे।।
दसों दिशायें कहीं भी।
हर दिशा में मुड़ा करते थे।।

वह राक्षसी जल में उनकी।
देख कर के- परछाई।।
को शीघ्र पकड़ लेती थी।
जिससे अपनी भूख मिटाई।।

वही छल वह करने लगी।
श्री बजरंग बली हनुमान से।।
पवन पुत्र केसरी नन्दन।
बल बुद्धि में महान से।।

पवन पुत्र धीर बुद्धि।
हनुमान ने उसे मार गिराया।।
क्षण में समुद्र पार किया।
मन बड़ा प्रसन्न हो आया।।

वन की शोभा देखने लगे।
"हनुमान" लंका में जाकर।।
मधु के लोभ में भौरे।
गुंजार कर रहे हैं वहां पर।।

वृक्ष फल फूलों से शोभित।
हैं वहां अनेकों प्रकार।।
पशु पक्षी भी दे रहे हैं।
अपना-अपना सबको प्यार।।

'हनुमान' जी दौड़ कर जा चढे।
एक विशाल पर्वत पर।।
लंका को देखने लगे।
इधर-उधर वे घूम कर।।

शिवजी" कहते है। कि।
यह हनुमान की नहीं है बड़ाई।।
यह प्रभु का ही प्रताप है।
जिनमें सारी शक्ति समाई।।

हे "उमा" प्रभु का प्रताप।
काल को भी खा जाता है।।
लंका का बहुत बड़ा किला है।
जो हर सुन्दरता पाता है।।

लंका का किला अत्यन्त ऊँचा है।
उसके समुद्र है चारों ओर।।
सोने की चाहर दिवारी है।
जिनमें नाच रहे हैं मोर।।

लंका में सोने से ही।
चारों ओर हो रहा है प्रकाश।।
स्वर्ण मय ही दीख रहा है।
लंका का आकाश।।

लंका में विचित्र मणियों से जुड़ा।
सुन्दर परकोटा है सोने का।।
जो साफ बता रहा है।
निश्चय ही लंका होने का।।

उसके अन्दर बहुत से।
सुन्दर-सुन्दर घर हैं।।
बड़े चमकीले बड़े ही सुन्दर।
वहां लंका के नगर हैं।।

सुन्दर गलियां सुन्दर मार्ग।
सुन्दर चौराहे और बाजार।।
सुन्दर बाग बगीचे हैं।
सजे हुये हैं हर प्रकार।।

हाथी, घोड़े, खच्चरों को।
कोई गिन नहीं सकता है।।
अनेकों राक्षसों के दल को।
गिनने में प्राण रूकता है।

राक्षसों की बल शाली सेना।
लंका में है बड़ी भारी।।
जो हर क्षण युद्ध के लिये।
कर रहे हैं तैयारी।।

वन बाग बगीचे, फुलवारी।
सुन्दर ही बने हैं वहां तालाब।।
कुयें बावलियां सुशोमित हैं।
सारी लंका है आबाद।।

मनुष्य, नाग, देवताओं और।
गन्धर्वों की कन्यायें सुन्दर।।
मुनियों को मोह लेती हैं।
ऐसी अद्भुत है उनकी नजर।।

पर्वत के समान बड़े बलवान।
विशाल ही शरीर वाले।।
चारों ओर सुन्दर नगरी के।
हैं ऐसे वहां रख वाले।।

गरज रहे हैं लड़ते भिड़ते।
मल्ल युद्ध कर रहे बलवान।।
एक दुसरे को ललकारते।
जिससे पर्वत होते कम्पांयमान।।

भंयकर शरीर वाले करोडों।
योद्धा रख कर के सावधानी।।
नगर के चारों दिशाओं में।
करते-रहते हैं रखवाली।।

कहीं दुष्ट राक्षस भैसों।
आदि पशुओं को खा रहे हैं।।
जय लंकेश-जय लंकेश।
बड़े जोर से गा रहे हैं।।

महाकवि तुलसीदास ने इनकी कथा।
इसलिये कहीं है थोड़ी।।
मृत्यु निश्चित है इनकी।
इसलिये नहीं है जोड़ीं।।

निश्चय ही 'राम बाणों से।
ये सब ही मारे जायेंगे।।
प्रभु कृपा से शरीर त्याग कर।
ये परम गति ही पायेंगें।।

"धरम पाल" भी सरल कविता में।
लिखते हैं अपने गुरू की बानी।
सच इतनी ही ठीक है।
इन दैव्यों की करम कहानी।।

अंसख्य रखवालों को।
देख कर श्री हनुमान ।।
जो बल और बुद्धि में।
सदा ही हैं महान।।

पवन पुत्र बंजरंग बली।
मन में करते हैं विचार।।
मैं अत्यन्त छोटा रूप धरूँ।
इस समय-समय के अनुसार ।।

नगर में प्रवेश करूंगा मैं।
इस रूप में रात को।।
इन्तजार नहीं करना है।
होने वाली कल प्रभात जो।।

हनुमान जी ने छोटा सा।
रूप धरा केवल मच्छर के समान।।
"राम" नाम का स्मरण करके।
लंका को चले वीर हनुमान।।

लंका के द्वार पर लंकिनी।
नाम की राक्षसी रहती थी।।
लंका में प्रवेश वर्जित है।
यही वह सबसे कहती थी।।

बोली अरे बानर कहां जाता है।
मेरा निरादर करके।।
बिना मुझसे पूछे तू।
बड़े ही घमंड में रह के।।

बोली हे मुर्ख तूने मेरा।
अभी तक कोई भेद न जाना।।
सब मेरे आहार होते हैं।
तुमने अभी नहीं पहिचाना।।

महाबली हनुमान जी ने उसे।
एक घुंसे में ही गिराया।।
खून की उल्टी करती हुयी।
शीघ्र धरती माँ पर लिटाया।।

वह लंकिनी फिर से उठ गई।
अपने को संभाल कर।।
डर के मारे हाथ जोड़ कर।
विनती करती ख्याल कर।।

फिर बोली "रावण" को जब।
ब्रह्मा जी ने वर दिया था।।
राक्षसों के विनाश का।
प्रसंग यही लिया था।।

राक्षसों के विनास की।
यही बताई थी पहिचान।।
जब तू बन्दर के मारने से।
हो जायेगी लहूलुहान।।

हे लंकिनी तब तू राक्षसों का।
जान लेना होना है संहार।।
तू तो भाग्य शाली है।
श्री 'राम' दूत का पाया प्यार।।

हे तात् स्वर्ग व मोक्ष।
जितने भी सुख हैं सारे।
तराजू के एक पलड़े में।
रखे जाय बेचारे।।

तो भी वे सारे सुख तराजू के।
दूसरे पलड़े में रखे जाय।
उस सुख के बराबर नहीं होते।
चाहे कितने करें उपाय।।

जो सुख एक क्षण मात्र के।
सत्संग करने से होता है।।
सत्संग के बिना मानव।
दर-दर फिरता रोता है।।

अयोध्या पुरी के राजा।
श्री राम चन्द्र भगवान को।।
हृदय में 'राम' नाम स्मरण कर।
परम् ब्रह्म अर्न्तयामी महान को।।

नगर में प्रवेश कर तुम।
कीजिये तुम सब काम।।
उसके लिये बिष अमृत हो जाता।
रक्षा करते हैं श्री ' राम'।।

शत्रु भी सरल में ही।
मित्र परम इन जाते हैं।।
समुद्र गाय के खुर के समान।
सच में ही कहलाते हैं।।

हे गरूड़ जी सुमेरू पर्वत भी।
धूल सा बन जाता है।।
अग्नि शीतल हो जाती है।
जो कोई समझ न पाता है।।

जिसे श्री 'राम चन्द्र' जी ने।
देखा कृपा कर एक बार।।
वह निर्भय हो जाता है।
अपने जीवन में हर प्रकार।।

तब बहुत ही छोटा रूप धारण।
करते हैं श्री हनुमान।।
रूद्र अवतार बजरंग बली।
बल, बुद्धि में हैं महान।।

लंका नगर में प्रवेश किया।
स्मरण कर श्री भगवान का।।
'राम' 'राम' ही जप रहे हैं।
अर्न्तयामी महान का।।

प्रत्येक महल की खोज की।
वहां असंख्य योद्धा देखे।।
फिर रावण के महल में गये।
उनके नक्शे हृदय में लेखे।।

वह महल बड़ा विचित्र था।
उसका वर्णन नहीं हो सकता।।
आगे वर्णन करने के लिये।
कवि का लिखने हाथ है रूकता।।

महल में रावण को हनुमान ने।
शयन करते हुये देखकर।।
चारों ओर घुमाने लगे।
हनुमान जी अपनी नजर।।

फिर उन्हें एक सुन्दर महल।
दिखाई दिया शोभायमान।।
उसी महल में अलग मंन्दिर।
सुशोभित हो रहा बड़ा महान।।

अति सुन्दर मंन्दिर बना है।
श्री राम चन्द्र भगवान का।।
जो परम् ब्रह्म परमेश्वर हैं।
अर्न्तयामी महान का।।

वह महल श्री राम चन्द्र के।
धनुष वाणों से सजाया था।।
"राम"-नाम ही अंकित था।
फूलों से ही सजाया था।।

उस महल, मंन्दिर की शोभा।
कवि से नहीं लिखी जाती है।।
अद्‌भुत वर्णन को लिखने में।
कलम भी शरमा जाती है।।

"हनुमान जी नये तुलसी।
के वृक्षों को वहां देखकर।।
बड़े ही हर्षित हो गये।
श्री "राम" भक्त ही समझ कर।।

लंका तो राक्षसों का।
निवास स्थान है भारी।।
जहां चारों ओर रहते हैं।
बड़े ही अत्याचारी।।

यहां सज्जन साधु पुरूष का।
कैसे हो सकता है निवास।।
राक्षस ही रहते हैं यहां।
इन सबके हैं आस-पास।।

हनुमान जी अपने मन में।
तर्क-विर्तक कर रहे सारे।।
उसी समय विभीषण जागे।
श्री 'राम' नाम के सहारे।।

विभीषण ने उठकर स्मरण किया।
प्रभु के नाम "राम" नाम का।।
जो हर प्राणी के लिये है।
हर समय ही बड़े काम का।।

पवन पुत्र हनुमान जी ने।
उन्हें हृदय से सज्जन जाना।।
हृदय से बड़े प्रसन्न हुये।
उन्हें श्री 'राम" भक्त ही माना।।

श्री हनुमान जी ने अपने।
मन में किया विचार।।
इनसे हठ कर परिचय करूंगा।
विनती करके हर प्रकार।।

क्यों कि सज्जन पुरूष से।
कभी कार्य की हानि नहीं हो पाती।।
लाभ ही लाभ होता है।
हानि स्वयं ही शरमा जाती ।।

ब्राह्मण का रूप धारण कर।
हनुमान जी ने उन्हें पुकारा।।
हे सज्जन आप कौन हैं।
जिन्हें 'राम-नाम का है सहारा।।

हनुमान की अमृत वाणी सुनकर।
विभीषण जी उठकर वहां आये।।
प्रणाम करके कुशल पूछी।
अपने दोनों नैन झुकाये।।

कहां कि हे ब्राह्मण देव।
अपनी कथा समझाकर कहिये।।
मुझे भी अपना ही सखा।।
श्री "राम" भक्त ही समझिये।।

हे ब्राह्मण देव हरि भक्तों में।
से कोई एक हैं आप।।
आपके मुख मंडल पर।
तेज छलक वहां है साफ।।

हृदय में अत्यन्त प्रेम उमड़।
रहा है आज मेरा।।
मुझे लगता है मेरे लिये।
हो रहा है आज सवेरा।।

क्या आप स्यवं प्रभु हैं।
जो दीनों में प्रेम करने वाले हैं।।
अर्न्तयामी परमात्मा परमेश्वर।
सारे संसार से निराले हैं।।

जो मुझे घर बैठे दर्शन देकर।
कृतार्थ करने आये हैं।।
जो थल, जल नभ में।
सदा ही रहते समाये हैं।।

श्री राम चन्द्र जी की।
विभीषण से सारी कथा कह कर।।
अपना 'नाम' हनुमान बताया।
उन्हें श्री राम भक्त समझकर।।

दोनों के शरीर पुलकित हो गये।
एक दूसरे को जान कर।।
सियावर राम चन्द्र जय हो।
कहा आपस में पहिचान कर।।

गुणों का स्मरण करते हुये।
श्री राम चन्द्र भगवान का।।
जो परम् बह्म परमेश्वर हैं।
अर्न्तयामी महान का।।

विभीषण ने कहा हे पवन पुत्र।
मेरी रहनी सहनी सुनो सारी।।
मैं यहां वैसे ही रहता हूँ।
जैसे दांतों के बीच जीभ विचारी।।

हे हनुमान सूर्य कुल के नाथ।
श्री राम चन्द्र भगवान।।
क्या कभी मुझ पर कृपा करेंगे।
परम् ब्रह्म परमेश्वर महान।।

मेरा तामसी शरीर होने से।
कुछ भी साधन नहीं बन पाता।।
श्री प्रभु के चरण कमलों से।
'मन मेरा दूर हो जाता।।

परन्तु पवन पुत्र हनुमान जी।
अब हो गया है मुझे विश्वास।।
प्रभु की मुझ पर कृपा है।
अब नहीं हूँ मैं निरास।।

क्यों कि श्री हरि की कृपा से।
वृक्ष के पत्ते भी नहीं हिलते।।
बिना हरि कृपा के।
संत सहज में नहीं मिलते।।

श्री राम चन्द्र भगवान की।
कृपा मुझ पर है भारी।।
तभी तो आपने दर्शन।
दिये हैं सब बात विचारी।।

हे विभीषण सखा सुनिये।
प्रभु की सदा यही रीति है।।
वे अपने सेवक पर।
सदा ही करते प्रीति है।

भला कहिये विभीषण।
मैं भी कौन बड़ा कुलीन हूँ।।
जाति का मैं बानर हूँ।
मैं बड़ा ही दीन हूँ।।

हे विभीषण मैं तो नीच हूँ।
चारों ओर से हर प्रकार।।
अपने से ही शरमाता हूँ।
अपने को देख कर बार-बार।।

प्रातः काल जो हम लोगों का।
बानरों का लेता है नाम।।
उसके उस दिन बिगड़ जाते।
हैं सारे बने हुये काम।।

उन्हें दिन भर में कहीं।
भी भोजन नहीं मिलपाता है।।
भोजन की खोज करने पर भी।
भूखा ही रह जाता है।।

हे सखा में ऐसा अधम हूँ।
जैसा कोई नहीं है।।
बानर हूँ मैं जाति का।
जो हर हाल में सही है।

मुझ पर भी कृपा की है।
श्री राम चन्द्र भगवान ने।।
जो परम् ब्राह्म परमेश्वर हैं।
अर्न्तयामी-महान ने।।

प्रभु का स्मरण करते-करते।
नैनों में जल भर आया।।
प्रभु चरणों के पवित्र प्रेम को।
आसुंओं में छलकाया।।

जो जानते हुये भी स्वामी।
श्री राम चन्द्र भगवान को।।
इस सारे संसार का जो।
करते रहते कल्याण जो।।

ऐसे स्वामी को भुलाकर।
विषयों के पीछे भटकते हैं।।
वे जीवन रूपी सागर के।।
बीच में ही अटकते हैं।।

फिर वे दुःखी क्यों न हों।
अपने इस जीवन काल में।।
विषयों के पीछे फिरते हैं।
धनी होने के ख्याल में।

श्री राम चन्द्र जी के गुण।
कहते हुये बार-बार।।
दोनों ने परम शान्ति प्राप्त की।
प्रभु चरणों में कर नमस्कार।।

फिर विभीषण ने सीता जी।
लंका में रहती हैं जिस प्रकार।।
वह कथा हनुमान से कही।
रूदन कंठ से बार-बार।।

मैं सीता माता को देखना।
चाहता हूँ भाई हर प्रकार।।
मेरा मन मचल रहा है।
दर्शन करने बार-बार।

विभीषण ने माता के दर्शनों के।
सब उपाय उन्हें समझाये।।
हनुमान जी विदा लेकर।
अशोक बाटिका को चले आये।।

पवन पुत्र ने छोटा सा।
रूप रखा मसक समान।।
उन्हें देख कर कोई भी।
नहीं सकता है पहिचान।।

"सीता" माता के दर्शन पाकर।
मन ही मन किया प्रणाम।।
दोनों ने फिर हाथ जोड़कर।
स्मरण किया जय श्री "राम"।।

सीता जी को बैठे-बैठे।
चारों पहर बीत जाते हैं।।
रात्रि भर हनुमान जी।
श्री "राम" नाम ही गाते हैं।।

"सीता" माता के सिर पर।
जटाओं की एक लट बन गई है।
शरीर दुबला हो गया है।
श्री "राम"-नाम स्मरण ही कर रही है।

श्री जानकी जी नेत्रों को।
अपने चरणों में ही हैं लगाये।।
नीचे की ओर देख रही है।
अपने दोनों नैन झुकाये।।

"सीता"माता जी का मन।
"प्रभु" चरणों में लीन है।।
हनुमान बड़े दुःखी हुये।
देख जानकी दीन है।।

पवन पुत्र 'हनुमान' जी।
वृक्ष के पत्तों में छिपे रहे।।
माता की दीन दशा देख।
मन से भी वे क्या कहे।।

माता का दुख कैसे दूर करूं।
करने लगे मन में विचार।।
उसी समय स्त्रियों सहित वहां।
"रावण" आया हाहाकार।।

उस दुष्ट ने 'सीता' जी को।
बहुत प्रकार से समझाया।।
अपने पूरे क्रोध में।
साम, दाम, भय, भेद, दिखाया।।

रावण कहता है हे सुन्दरी।
तेरी 'मन्दोदरी' होगी दासी।।
लंका की रानी बनकर रहेगी।
छोड़ दे तू मन की उदासी।।

यह मेरा प्रण है, तुम।
देखो मेरी ओर एक बार।।
तुम सदा सुखी रहोगी।
दिखेगा नया चमत्कार।।

अपने परमप्रिय श्री रामचन्द्र का।
स्मरण करना छोड़ दे।।
लंकाधिपति "रावण" से।
प्रेम का रिश्ता जोड़ ले।।

तब क्रोध से "सीता" माता ने।
एक तिनके की ली आड़।।
नाखूनों से पृथ्वी को।
खुरच करती है दो फाड़।।

अरे दुष्ट सुन जुगनू के प्रकाश।
से कभी कमलिनी खिल सकती है।।
श्री "राम" के एक बाण से।
सारी पृथ्वी हिल सकती है।।

तू अपने लिये भी अपने मन।
में कुछ ऐसा ही जान ले।।
प्रभु के सामने तू क्या है।
जरा अपने को पहचान ले।।

अरे दुष्ट "रावण" तूझे।
नहीं पता है प्रभु के वाण की।।
जीना है तो रक्षा करले।
स्वयं तू अपने प्राण की।।

हे पापी तू मुझे सूने से।
छल करके हर लाया है।।
मुझे लगता है अब शीध्र।
ही काल तेरा आया है।।

अरे अधम निर्लज्ज पापी रावण।
तुझे लज्जा क्यों नहीं आती है।।
तेरी करनी देख करके।
लज्जा भी शरमा जाती है।।

"सीता" जी के मुख से।
अपने को सुन जुगनू के समान।।
श्री "रामचन्द्र" को सूर्य सुनकर।
बोला, कर रही मेरा अपमान।।

"सीता" ने कठोर वचन सुनकर।
"रावण" ने निकाल ली तलवार।।
गुस्से में आकर बोला।
अब नहीं सुनूंगा बार-बार।।

इस कठोर तलवार से।
काट डालूंगा सिर तेरा।।
नहीं देख पायेगी तू।
अब कल का सवेरा।।

अब भी "सीता" जल्दी ही।
मान ले मेरी बात।।
नहीं तो जीवन से तुमको।
धोने पड़ेंगे हाथ।।

"सीता" जी ने कहा हे दशशीश।
श्याम कमल की माला के समान।।
प्रभु की पूजा ही कंठ में रहेगी।
जो अर्न्तयामी हैं महान।।

अरे नीच दुष्ट "रावण"।
क्या ये तेरी कठोर तलवार।।
जिसके पाप से डर रहा है।
यह सारा ही संसार।।

अरे मूर्ख सुन यह तू।
मेरा यह सच्चा प्रण है।।
तेरे और मेरे बीच में।
गवाह एक घास का तृण है।।

श्री रामचन्द्र जी के विरह से।
पैदा हुई मेरी पीड़ा भारी।।
को हे तलवार हर दे।
यहीं विनती है हमारी।।

हे तलवार तू शीतल, तीव्र और।
बहाती है श्रेष्ठ धारा।।
दुःख के बोझ को हर ले।
अब कुछ न रहा मेरा सहारा।।

सीता जी के वचन सुनते ही।
"रावण" क्रोध में भर आया।।
मारने के लिये दौड़ा वह ।
क्रोध ही था समाया।।

रानी मन्दोदरी ने नीति कहकर।
रावण को समझाया।।
तब कहीं उसका क्रोध।
कुछ शान्त हो पाया।।

तब रावण ने बहुत सी।
राक्षसियों को शीघ्र बुलाया।।
कहा इसको भय दिख लावो।
चारों ओर से समझाया।।

अगर एक महिने तक इसने।
मेरा कहा न माना।।
मैं तलवार से मार डालूंगा।
कठिन है 'रावण' को अजमाना।।

रावण महल में चला गया।
राक्षसियों से यह कह कर।।
सीता जी को घेर लिया।
बहुत बुरे ही रूप रख कर।।

सभी राक्षसियां मिल कर।
"सीता" जी को भय लगी दिखाने।।
बुरा व्यवहार करने लगे।
और कुछ लगे समझाने।।

उन राक्षसियों में एक।
राक्षसी थी त्रिजटा नाम की।।
प्रभु का भजन करती थी।
भक्त थी श्री "राम" की।।

प्रभु श्री "रामचन्द्र" के चरणों में।
त्रिजटा की बड़ी प्रीति थी।।
हर युग में उनके कुल की।
यही पुरानी रीति थी।।

बड़ी ही धैर्यशाली थी।
बडी ही ज्ञान बान थी।।
हर शिक्षा में निपुण थी।
और बड़ी बलवान थी।।

उसने सब राक्षसियों को बुलाकर।
अपना स्वप्न सुनाया।।
"सीता"' जी की सेवा करके।
सबका कल्याण बताया।।

स्वप्न में मैंने देखा की।
एक बंदर ने लंका जला दी है।।
सोने से सारे महल-नगरी।
उस आग ने गला दी है।।

राक्षसों की युद्ध में मारी।
गई है सेना सारी।।
त्राहि त्राहि मची हुई है।
लंका रो रही बेचारी।।

रावण नंगा होकर करके।
गदहे पर हुआ है सवार।।
सिर मुड़ा हुआ है।
मचा रहा है हाहाकार।।

बीसों भुजायें कटी हुई हैं।
खून टपक रहा है।।
पता नहीं उसने इतना।
कैसे दर्द सहा है।।

यमपुरी दिशा को जा रहा है।
लंका विभीषण ने पाई है।।
सच मानो तो लंका में।
बड़ी विपति ही आई है।।

नगर में श्री "राम चन्द्र" की।
फिर रही है, दुहाई।।
"सिया वर "राम चन्द्र की जय हो।
सबने है, जयकार लगाई।।

तब प्रभु ने "सीता"जी को।
भेज दिया है बुलावा।।
चारों ओर प्रसन्नता है।
लंका उगल रही है लावा।।

मैं निश्चय के साथ कहती हूँ।
जोर से पुकार कर।।
चार दिन पहले का स्वप्न है।
सोचो मन में विचार कर।।

कुछ ही दिनों में यह।
सत्य होकर ही रहेगा।।
लंका के सिंहासन पर।
विभीषण राज करेगा।।

उसके वचन सुन करके।
सब राक्षसियां डर गई।।
एक-एक कर एक क्षण में।
छूमंतर ही कर गई।।

सपने के फल सोचकर।
वे चारों ओर घिर पड़ी।।
तुरन्त ही सब राक्षसियां।
"सीता" के चरणों में गिर पड़ी।।

राक्षसियां वे सब जहां-वहां।
चली गई हैं तत्काल।।
"सीता" जी अपने मन में।
करने लगी तब ऐसा ख्याल।।

"रावण" मुझे मार डालेगा।
एक महीना बीत जाने पर।।
बड़ी विवस हो रही माता।
अपने मन को समझाने पर।।

"सीता" जी अपने दोनों हाथ जोडकर।
उस त्रिजटा से बोली।।
तू मेरी जीवन संगीनी है।
मेरी ही है तू हमजोली।।

जल्दी कोई ऐसा उपाय कर।
जिससे में शरीर छोड़ सकूँ।।
श्री "राम चन्द्र" भगवान के।
चरणों से नाता जोड़ सकूँ।।

हे त्रिजटा मुझे भारी दुःख है।
जो सहा नहीं है अब जाता।।
कैसे मन को समझाऊँ।
यह मन समझ न पाता।।

तू सुन्दर चिता बनाकर सजा दे।
इधर-उधर से लकड़ी लाकर।।
मेरे मन की पीड़ा हर दे।
उसमें आग लगाकर।।

हे त्रिजटा तू मेरी इस।
प्रेम को सत्य करवा दे।।
मैं चिता में भस्म हो जाऊँ।
ऐसा उपाय तू करवा दे।।

रावण की शूल के समान।
मुझे दुःख देने वाली बानी।।
इन कानों से कौन सुने।
करदे तू ये मेहर मानी।।

त्रिजटा ने चरण पकड़कर।
"सीता" माता जी को समझाया।।
अपनी मधुर वाणी से।
प्रभु का प्रताप बल सुयश सुनाया।।

उसने कहा रात में आग न मिलेगी।
हे अयोध्या की महारानी।।
यह कह कर वह चली गई।
"सीता" माता को हुई हैरानी।।

मन ही मन सोचने लगी।
क्या करूं विपरीत हो गया विधाता।।
न आग मिलेगी न पीड़ा मिटेगी।
अब यह दुःख सहा नहीं जाता।।

साफ दिखायी दे रहे हैं।
इस आकाश में अंगारे।।
पृथ्वी पर एक तारा नहीं आता।
अब रहूं में किसके सहारे।।

"सीता" जी कहने लगी।
चन्द्रमा में भी आग है।।
पर आग नहीं बरसाता।
यह मेरा कैसा भाग है।।

अशोक वृक्ष मेरी विनती सुन।
हर ले तू दुःख मेरा।।
अब मुझे किसी भाँति भी कल।
नहीं देखना है सवेरा।।

तेरे नये-नये कोमल पत्ते।
अग्नि के ही हैं समान।।
मुझे आग दे डाल वृक्ष।
कर दे तू मेरा कल्याण।।

मेरे विरह रोग को अब।
सीमा तक न पहुँचा बढाकर।।
इतनी कृपा कर मेरे वृक्ष।
न बैठा रह अब शरमा कर।।

"सीता" माता को विरह से।
परम व्याकुल देख कर।।
कल्प के समान बीता।
श्री हनुमान जी का क्षणभर।।

तब हनुमान जी ने अपने।
हृदय में यह विचार किया।।
अंगूठी डाल दी "सीता" जी।
के सामने 'राम'-नाम का प्यार दिया।।

मानो अशोक ने अंगारा दिया।
"सीता" जी यह समझ कर।।
अंगूठी हाथ में ले ली।
बडे ही हर्षित होकर।।

तब उन्होंने राम-नाम से अंकित।
अंगूठी देखी बड़ी ही सुन्दर।।
अंगूठी पहिचान ली।
जो लगती है, बड़ी मनोहर।।

आश्चर्य चकित होकर वह।
उसे ही लगी देखने।।
हर्ष और विषाद से भरी।
हृदय में लगी लेखने।।

सोचने लगी प्रभु।
सदा ही अर्न्तयामी हैं।।
जिन्हें कोई जीत न सकता।
तीनों लोकों के स्वामी हैं।।

किसी की भी माया से ऐसी।
अंगूठी नहीं बनाई जाती।।
फिर ये कहां से आई।
अपने मन को समझाती।।

''सीता'' जी विचार कर रही है।
मन में अनेकों प्रकार।।
प्रभु की मुद्रिका देख कर।
आसूं बहा रहे हैं प्यार।।

इसी समय मधुर वाणी में।
श्री पवन पुत्र ''हनुमान'' बोले।।
जय श्री ''राम'' की वाणी सुनकर।
''सीता'' माता ने नैन खोले।।

वर्णन करने लगे गुणों का।
श्री ''राम चन्द्र'' भगवान के।।
जो परम् ब्रह्म परमेश्वर हैं।
अर्न्तयामी-महान के।।

प्रभु के गुणों को सुनते ही।
माँ का दुःख भाग गया।।
श्री ''रामचन्द्र'' की याद में।
अलौकिक प्रेम जाग गया।।

मन लगाकर उन्हें सुनने के लिये।
माता सीता ने लगाये अपने कान।।
गुणों को गाकर सुना रहे हैं।
वृक्ष में से ही श्री हनुमान।।

पवन पुत्र ने आदि से लेकर।
माता को कथा सुनाई सारी।।
यह कथा माता "सीता" के।
कानों को लगी प्यारी।।

जिसने कानों के लिये अमृत।
रस की भाँति यह कथा सुनाई।।
अब तुम प्रकट हो जाओ।
तुम मेरे हो बड़े प्रिय भाई।।

तब माता के पास चले गये।
पवन पुत्र श्री हनुमान।।
परम वीर, योद्धा बुद्धि।
और बल के हैं निधान।।

उन्हें देख कर बैठ गई।
"सीता" माता मुख फेर कर।।
उनके मन में आश्चर्य हुआ।
ये सब क्या है समझकर।।

"हनुमान" जी ने कहा हे माता।
मैं दूत हूँ श्री राम चन्द्र भगवान का।।
जो परम् ब्रह्म परमेश्वर हैं।
अर्न्तयामी महान का।।

सच्यी शपथ फरता हूँ गै।
अपने स्वामी करूणानिधान की।।
यह अंगूठी में लाया हूँ।
श्री 'राम चन्द्र' भगवान की।।

श्री "राम चन्द्र" भगवान ने।
आपके लिये दी है पहिचान।।
आप के विरह में व्याकुल है।
मेरा नाम है "हनुमान"।।

सीता बोली नर और बानरों का यह।
कैसे हुआ है संग।।
यह कैसा विधि का विधान है।
नया ही हुआ है रंग।।

तब श्री "हनुमान" जी ने वह।
कथा सुनायी सारी।।
सीता जी को सुनने में।
कानों को लगी अति प्यारी।।

"हनुमान के प्रिय वचन सुनकर।
मन में हुआ तब विश्वास।।
उन्होनें जाना प्रभु लीला।
फैल रही है आस-पास।।

श्री "हनुमान" के बारे में।
'सीता" माता ने जान लिया।।
मन, वचन, कर्म से श्री प्रभु का।
सेवक ही है पहिचान लिया।।

अत्यन्त प्रेम हो गया कि।
सेवक प्रभु का जानकर।।
नैंनों में जल भर आया।
सब सत्य ही मानकर।।

"सीता" जी बोली हे हनुमान।
मैं विरह सागर में डूब रही थी।।
अब तुम जहाज के समान हो।
कथा यह तुमने खूब कहीं थी।।

अब पवन पुत्र हे हनुमान।
मैं जाती हूँ बलि हारी।।
अब प्रभु की कुशल कहो।
जो मन को लगती है सुखकारी।।

छोटे भाई "लक्ष्मण" सहित।
खर के शत्रु श्री सुखधाम।।
की कुशल मंगल कहो।
जो करते हैं सबका कल्याण।।

बहुत सरल, कोमल हृदय।
बडे कृपालु, श्री भगवान हैं।।
तीनों लोकों के वे स्वामी।
बड़े ही अर्न्तज्ञान हैं।

फिर निष्ठुरता धारण की है।
मेरे प्रभु ने श्री "हनुमान"।।
कैसे में जीती रहूँ।
अब कब होगा मेरा कल्याण।।

सेवक को सुख देना।
उनकी स्वभाविक 'बान है।।
क्या कभी मुझे याद करते हैं।
अब कब होगा मेरा कल्याण है।।

हे तात् मेरे नेत्र शीतल होंगे।
कभी प्रभु के दर्शन पाकर।।
क्या मुझे याद करते हैं कभी।
'सीता' जी बोली शरमाकर।।

"सीता" माता का मुख से।
वचन नहीं निकल पाता है।।
गला रूंध गया है।
कंठ रूक ही जाता है।।

विरह के आसुंओं में।
माता का मन भर आया।।
बड़े ही दुःख से बोली।
आज सब है मैंने पाया।।

हाँ नाथ! आपने मुझे।
मन से बिल्कुल भुला दिया।।
कैसे मैं जीवित रहूँगी।
क्या अपराध है मैंने किया।।

"सीता" माता जी को विरह।
से परम व्याकुल देखकर।।
"हनुमान" मुधर वाणी बोले।
भारी दुःखी ही समझ कर।।

हे माता! सुन्दर कृपा के धाम।
प्रभु श्री राम चन्द्र भगवान।।
भाई लक्ष्मण सहित कुशल हैं।
पारब्रह्रम अर्न्तयामी महान।।

परन्तु माता आपके दुःख से।
दुःखी हैं वे भारी।।
मन छोटा न करें माता।
युद्ध की हो रही है तैयारी।।

आपसे दुगुना प्रेम है माँ।
श्री "राम चन्द्र" भगवान को।।
जे परम् ब्रह्म परमेश्वर हैं।
अर्न्तयामी महान को।।

प्रभु का सन्देश सुनिये।
हे माता अब धीरज धरकर।।
प्रेम से गद-गद हो गये।
"सीता" माता से ऐसाकहकर।।

उनके दोनों नेत्रों में।
प्रेम का जल भर आया।।
"सीता राम" के प्रेम में।
नेत्रों ने जल बरसाया।।

श्री राम चन्द्र जी ने कहा है।
हे "सीते" तुम्हारे वियोग में।।
सभी प्रदार्थ विपरीत हुये।
एक ऐसे ही संयोग में।।

वृक्षों के नये-नये सुन्दर।
पत्ते अग्नि हुये समान।।
रात्रि काली रात्रि है।
चन्द्रमा है सूर्य समान।।

कमल वन मेरे लिये भालों।
के वन-बन गये हैं।।
सब कुछ प्रति कूल हो गया है।
हम भी कुछ-कुछ समझ गये हैं।।

मेघ मानो मेरे ऊपर।
खौलता तेल बरसाते हैं।।
जो हित करने वाले थे।
अब पीड़ा से तड़पाते हैं।।

शीतल मन्द सुगन्ध वायु।
सांप के स्वाँस के समान है।।
जो जहरीली हो गयी है।
क्या करती कल्याण है।।

मन का दुःख कह डालने से भी।
कुछ दुख कम हो जाता है।।
पर प्रिया कैसे कहूँ किससे।
यह कोई समक्ष न पाता है।।

हे प्रिया मेरे और तेरे ।
प्रेम का रहस्य सारा।।
एक मेरा मन जानता है।
परन्तु क्या करे बेचारा।।

वह मन सदा से ही।
तेरे ही पास रहता है।।
हर क्षण हर स्वाँस में।
"सीते-सीते" कहता है।।

इतने में ही समझ लेना।
तुम मेरे प्रेम का सार।।
जिस प्रेम को जानता है।
यह सारा ही संसार।।

प्रभु का संन्देश सुनते ही।
माता हुई बड़ी ही प्रसन्न।।
"राम" नाम ही स्मरण करती।
प्रकाशित हो गया उनका मन।।

हे माता तुम अपने मन में।
धैर्य धारण करते रहिये।।
सेवकों को सुख देने वाले।
"श्री राम" का स्मरण करते रहिये।।

प्रभुता को हृदय में लाओ।
श्री राम चन्द्र भगवान की।।
जो परम् ब्रह्म परमेश्वर हैं।
अर्न्तयामी महान की।।

मेरे वचन सुनकर माता।
आप कायरता को छोड़ दो।।
मन की स्मरण शक्ति।
प्रभु चरणों में जोड़ दो।।

हे माता ये राक्षसों के समूह।
पतंगों के ही समान हैं।।
श्री "राम चन्द्र" जी के वाण।
अग्नि के समान है।।

यदि जरा खबर भी पायी होती।
श्री "राम चन्द्र " भगवान ने।।
जो परम् ब्रह्म परमेश्वर हैं।
अर्न्तयामी महान ने।।

तो हे माता श्री राम चन्द्र जी।
बिल्कुल बिलम्ब न करते।।
आपके विरह में प्रभु।
चुप चाप रोते रहते।।

हे माता "राम" वाण रूपी सूर्य।
के उदय ही हो जाने से।।
राक्षस रूपी अंन्धकार नहीं टिकता।
सूर्य का प्रकाश पाने से।।

हे माता मैं तुमको इसी समय।
इस लंका से ले जाता।।
प्रभु आज्ञा न होने से।
अपने मन को हूँ समझाता।।

मुझे कसम है। हे माता।
श्रीराम चन्द्र भगवान की।।
जो परम् ब्रह्म परमेश्वर हैं।
अर्न्तयामी महान की।।

मुझे प्रभु की आज्ञा नहीं है।
इस लिये माता मजबूर हूँ।।
आज्ञा मांग भी नहीं सकता।
क्योंकि मैं बहुत ही दूर हूँ।।

कुछ दिन हे माता अपने।
मन में धीरज धरिये।।
अपने मन में प्रभु का नाम।
राम नाम का स्मरण की जिये।।

बानरों सहित शीघ्र आयेंगें।
श्री "राम चन्द्र भगवान।।
शीघ्र आपके दुःख से।
करेंगे प्रभु शीघ्र कल्याण।।

आपको यहां से ले जायेंगे।
समस्त राक्षसों को मारकर।।
लंका को जीत लेंगे प्रभु।
समस्त राक्षसों को तार कर।।

नारद आदि ऋृषि मुनि।
तीनों लोकों में यश गावेंगे।।
सीता राम की जय कार हों।
आप भी सुख से रह पायेंगे।

'सीता' माता जी कहती हैं।
हे पुत्र सब बानर तुम्हारे समान।।
नन्हें-नन्हें से ही होंगे।
ये राक्षस योद्धा हैं बड़े बलवान।।

मेरे हृदय में सन्देह।
होता है प्रभु बड़ा भारी।।
बड़े बलवान राक्षसों को।
जीतने की कर रहें हैं तैयारी।।

यह सुनकर हनुमान जी ने।
प्रकट किया अपना शरीर।।
जो पर्वत के समान विशाल था।
रूद्रावतार की थी तशवीर।।

सोने से पर्वत सुमेरू के।
समान ही हैं उनका आकार।।
अत्यन्त ही विशाल शरीर।
बड़ा बलवान हर प्रकार।।

जो युद्ध में शत्रुवों को।
भय पैदा करने वाला है।।
अत्यन्त बलवान और वीर।
पूरे संसार में निराला है।।

तब 'हनुमान'' जी को देखकर।
'सीता' माता को हुआ विश्वास।।
विजय ही दीखने लगी।
उन्हें अपने आस-पास।।

'हनुमान जी ने फिर से।
अपना छोटा से रूप धारण किया।।
माता के चरणों में।
बार-बार प्रणाम कर लिया।।

हे माता सुनो बानरों में।
अधिक बल, बुद्धि नहीं होती।।
मन जाग्रत होने पर भी।
बुद्धि उनकी भी है सोती।।

परन्तु प्रभु के प्रताप से।
बड़ा सर्प भी गरूड़ खा जाता है।।
प्रभु कृपा से वह सच।
बड़ा बलवान ही कहलाता है।।

भक्ति, प्रताप व तेज से।
प्रिय ''हनुमान'' की सुनकर वाणी।।
मन में उनके सन्तोष हुआ।
देख कर यह विचित्र कहानी।।

''हनुमान'' को आशीर्वाद दिया।
श्री ''राम चन्द्र'' का प्रिय जानकर।।
साक्षात रूद्र अवतार को।
श्री ''राम चन्द्र'' भक्त मानकर।।

हे पुत्र तुम बल, बुद्धि में।
और शील के निधान होंवो।।
सदा तुम्हारी विजय हो।
हर युग में महान हो वो।।

हे पुत्र तुम बुढापे से रहित।
हो ओ तुम गुणों के खजाने।।
श्री प्रभु तुम पर सदा कृपा करें।
संसार में होओं माने जाने।।

हनुमान का मन प्रसन्न हुआ।
माता का पाकर बरदान।।
प्रेम से पुलकित हो गये।
बजरंग बली श्री 'हनुमान'।।

'हनुमान' जी ने सीता जी के।
चरणों में बार-बार।।
अपना शीश नवांया।
किया माता को नमस्कार।।

कहा हे माता अब मैं।
निर्भय कृतार्थ हो गया हूँ।।
'सीता' माता की जय हो।
प्रभु चरणों में खो गया हूँ।।

ये बात प्रसिद्ध है कि।
हे माता आपका यह आशीर्वाद।।
बड़ा ही अचूक है।
जो मुझे रहेगा सदा ही याद।।

माता मुझे भूख लगी है।
वृक्षों को देख कर फल वाले।।
कुछ पके कुछ अध पके हैं।
लग रहें हैं बड़े निराले।।

हे बेटा! सुनो बड़े भारी राक्षस।
योद्धा करते हैं रखवाली।।
यह लंका का सुन्दर बाग है।
फलों से लदी है हर एक डाली।।

हे माता आप मुझे आज्ञा दें।
मन में होकर के प्रसन्न।।
फल खाते-खाते में।
करता रहूँगा 'राम' भजन।।

मुझे इन राक्षसों से।
बिल्कुल भी भय नहीं लगता।।
प्रभु कृपा के बिना कहीं।
हिल न सकता कोई पत्ता।।

"हनुमान" जी को "सीता" माता।
बल, बुद्धि, में निपुण देखकर।।
जाओं हे पुत्र मीठे फल खाओ।
प्रभु चरणों को हृदय में रखकर।।

हनुमान बाग में घुस गये।
"सीता" जी को कर नमस्कार।।
फल खाते वृक्षों को तोड़ते।
बजरंग बली बार-बार।।

वहां बाग में बहुत से।
योद्धा उस के रखवाले थे।।
उनमें से कुछ गोरे।
कुछ राक्षस काले थे।।

'हनुमान' ने उनमें से।
कुछ राक्षसों को मार डाला।।
कुछों को अधमरा छोड़ कर।
बाग तहस-नहस ही कर डाला।।

कुछ अधमरे राक्षसों ने।
रावण से जाकर करी पुकार।।
हे नाथ! एक बानर, भारी।
वाटिका उजाड़ रहा है बार-बार।।

हे नाथ! बाग में एक।
बड़ा भारी बन्दर आया है।।
रखवालों को मसल-मसल कर।
सच में हलुवा बनाया है।।

वीरों को गदा से मारकर।
जमीन पर डाल दिया है।।
हमें अधमरा छोड़कर।
बड़ा ही ख्याल किया है।।

"रावण' ने बाग बचाने।
बहुत से योद्धा भेजे सुनकर।।
हनुमान जी ने गर्जना की भारी।
उन वीर राक्षसों को देखकर।।

राक्षसों को मार डाला।
पवन पुत्र श्री हनुमान ने।।
जो रूद्रा अवतार हैं।
'बजरंग' बली महान ने।।

कुछ अधमरे हो गये हैं।
कुछ भाग गये वहां से चिल्लाते।।
सभी को हनुमान मार डालते।
जो बाग में रहते आते-जाते।।

जब "रावण" ने बाग का।
पाया यह समाचार।।
असंख्य योद्धाओं के साथ।
भेजा वहां अक्षय कुमार।।

हनुमान जी ने एक वृक्ष।
हाथ में लेकर उसे ललकारा।।
उसी वृक्ष से रथ के साथ।
उसे वहीं मार-गिराया।।

फिर खुश होकर बजरंगी बली ने।
गर्जना की बड़ी जोर से।।
चारों दिशायें गूँज गई।
"हनुमान जी के शोर से।।

हनुमान जी ने कुछ सेना को।
मार डाला ही तत्काल।।
कुछों को अधमरा कर दिया।
कुछों को कर दिये बेहाल।।

कुछों ने जाकर रावण को।
फिर से सुनाया समाचार।।
रावण बड़ा क्रोधित हुआ।
ऐसा सुनकर बार-बार।।

कहते प्रभु वह बन्दर।
बलवान है बड़ा भारी।।
खेल में सेना है मारी।
खेल में अशोक वाटिका उजारी।।

पुत्र का वध सुनकर।
रावण क्रोधित हो उठा।।
सिहांसन से उठ कर के।
दो कदम पीछे हटा।।

उसने अपने बडे पुत्र को।
मेघनाद भेजा बलवान भारी।।
जिसने इन्द्र को जीता था।
बड़ा ही दुष्ट अत्याचारी।।

बोला तुम उस बानर को।
मत मारना तुम जान से।।
बांध करके ले आना।
हम देखेंगे पहिचान से।।

पूछेंगे कहां का है वह।
किस लिये लंका में आया है।।
समुद्र पार करने का।
बल तुमने कहां से पाया है।।

अतुलनीय योद्धा मेघनाथ।
चला इन्द्र को जीतने वाला।।
भाई के मारे जाने से उसे।
भारी क्रोध है आया।।

हनुमान जी ने देखा अब।
भयानक योद्धा आया इसबार।।
जो अपने वाणों को चलाकर।
मचा रहा है हाहा कार।।

तब दांत कट-कटा कर दौड़े।
पवन पुत्र बजरंग बली हनुमान।।
सीता माँ के आशीर्वाद से।
करते हैं वे सब का कल्याण।।

बजरंग बली ने उखाड़।
लिया एक वृक्ष विशाल।।
क्रोध में श्री हनुमान जी।
हो ही गये पीले-लाल।।

उस वृक्ष से हनुमान ने।
उसके रथ पर किया प्रहार।।
रथ तोड़कर मेघनाथ का।
किया उसका भारी सत्कार।।

हनुमान ने एक ओर को।
उसके रथ को झटक दिया।।
मेघनाथ को पकड़ कर।
धरती माँ पर पटक दिया।।

उसके साथ जो बड़े-बड़े।
योद्धा लड़ने आये थे।।
'हनुमान' की वीरता देखकर।
अपने मुखड़े छिपाये थे।।

'हनुमान' जी मसल रहे हैं।
उनको पकड़-पकड़ कर।।
पत्थरों में घिस भी देते।
उन्हें रगड़-रगड़ कर।।

सबकों मार कर लड़ने लगे।
फिर मेघनाथ बलवान से।।
जो क्रोध में पूर्ण था।
इन्द्रजीत महान से।।

लड़ते हुये वे दोनों।
ऐसे ही दिखाई देते थे।।
मानों दो हाथी लड़ रहें हैं।
जो साथ में खेलते थे।।

वृक्ष पर जा चढें हनुमान।
मेघनाथ को घूँसा मारकर।।
वह शीघ्र मूर्छित हो गया।
देखने लगा इधर-उधर।।

फिर उठकर उसने रचाई।
बड़ी बहुत सारी माया।।
जिस माया ने तीनों लोकों।
को शीघ्र है कंम्पाया।।

अन्त में मेघ नाथ ने ब्रहँअस्त्र।
का ही किया संधान।।
यह देखकर बजरंग बली।
सोचने ही लगे श्री हनुमान।।

हनुमान ने ब्रहँम अस्त्र के।
बारे में किया यह विचार।।
अगर नहीं मानता हूँ तो।
उसकी महिमा मिटे अपार।।

उसने हनुमान जी पर।
ब्रह्मास्त्र चला दिया।।
ब्रह्मास्त्र ने हनुमान जी पर।
बड़ा ही प्रहार किया।।

जिसके लगते ही वे।
वृक्ष के नीचे गिर पड़े।।
बहुत से राक्षस दब गये।
हनुमान रह गये खड़े।।

हनुमान मूर्छित हो गये।
तब उन्हें नाग पाश में बांध कर।।
ले गया मेघनाथ उनको।
अपनी विजय समझ कर।।

'शिवजी' कहते हैं अब आगे।
कथा मन लगाकर सुनों भवानी।।
जिनका नाम 'राम' जप कर।
पापी बन जाते हैं ज्ञानी।।

जिनके नाम "राम" के जप से।
ज्ञानी यह मनुष्य संसार।।
से मोक्ष प्राप्त कर लेता है।
जन्म न लेता बार-बार।।

हे उमा उन का दूत।
कहीं भी बन्धन में आ सकता है।।
जो अजर, अमर रूद्रवतार है।
वह काल को भी खा सकता है।।

किन्तु प्रभु के कार्य के लिये ही।
अपने को बधां लिया हनुमान ने।।
बल, बुद्धि के निधान।
बजरंग बली महान ने।।

बन्दर को बांधा जान कर।
हजारों राक्षस दौड़कर आये।।
तमासा देखने के लिये।
वे सभी थे हरषाये।।

'रावण' की सभा देखी, तब।
हनुमान ने वहां जाकर।।
प्रभु का स्मरण करते रहे।
श्री 'राम' नाम ही गाकर।।

रावण की प्रभुता ऐश्वर्य से।
कुछ कहां नहीं जाता है।।
हनुमान देख रहे हैं।
ये तो भारी सुख पाता है।।

हाथ जोड़े नम्रता से ही।
खड़े हैं देवता और दिगपाल।।
उस का रूख देख रहें हैं।
डर से हो रहे पीले लाल।।

रावण की सभा का ऐसा।
देख करके विचित्र प्रताप।।
श्री हनुमान जी सोच रहें हें।
अपने मन में आप ही आप।।

रावण खूब हंसा जोर से।
श्री हनुमान जी को देख कर।।
सोचा ये कैंसा वीर है।
उन्हें बानर ही समझकर।।

फिर उसे याद आया।
अपना प्रिय पुत्र अक्षय कुमार।।
इसने कैसे मार-गिराया।
सोच रहा है बार-बार।।

उसके हृदय में क्रोध।
ही उत्पन्न हो गया था भारी।।
जान से मारने की वह।
करने लगा था तैयारी।।

रावण ने कहा अरे बानर।
तू कौन कहां से आया है।।
किसका बल तेरे बदन के।
रोम-रोम में समाया है।।

किसके बल से तूने बानर।
अशोक वाटिका का नष्ट कर डाली।।
लंका के पहरे दारों ने।
बड़े श्रम से थी यह पाली।।

अरे बानर क्या तूने कभी।
नहीं सुना नाम मेरा।।
लंका में घुसने का ही।
कैसे हुआ साहस तेरा।।

मैं देख रहा हूँ, कि।
तू बड़ा ही लग रहा है निडर।।
किस अपराध से राक्षसों को मारा।
तुझे नहीं थी कोई खबर।।

अरे मूर्ख बता क्या तुझे।
अपने प्राण नहीं बचाने हैं।।
निर्भय हो कर खड़ा हो रहा।
क्या हम इतने अनजाने हैं।।

हनुमान जी ने कहा फिर।
रावण की बात सुनकर सारी।।
जिन प्रभु का नाम सुनकर।
बड़े-बड़ों ने हिम्मत हारी।।

सम्पूर्ण ब्रह्माँणों की रचना माया।
करती है जिनका बल पाकर।।
ॠषि, मुनि, तपस्वी, जिनकी।
चैन न लेते महिमा गाकर।।

जिनके बल से हे दशशीश।
ब्रह्मा संसार बनाते हैं।।
विष्णु सदा पालन करते हैं।
शिव संहार का नाच, नाचते हैं।।

जिनके बल से सहस्त्र मुख।
ब्रह्माण्ड सिर पर धारण करते हैं।
ये सारे संसार के प्राणी।
जिनकी आज्ञा में रहते हैं।।

जो देवताओं की रक्षा के लिये।
नाना प्रकार धारण करते शरीर।।
उनके समान नहीं होती।
है किसी की भी तशवीर।।

अरे रावण जो तुम जैसे।
मूर्खों को शिक्षा देने वाले हैं।।
बड़े ही सुन्दर हैं वे।
बड़े ही निराले हैं।।

जिन्होंने एक क्षण में।
धनुष तोड़ ही डाला कठोर।।
तीनों लोकों में होती रही है।
जय-जय कार चारों ओर।

गर्व उनका चूर्ण कर दिया।
स्वयंवर में जो सारे राजा थे आये।।
यह कौतुहल देख करके।
सबने थे अपने नैन झुकाये।।

जिन प्रभु ने सहज में।
खर, दूषण, त्रिसरा और बाली।।
को सरल में मार डाला।
अत्यधिक थे वे बलशाली।।

ये सभी वीर थे, और।
बड़े भारी बलवान थे।।
योद्धाओं में गिने जाते।
बड़े ही ये पहलवान थे।।

जिनके आंशिक बल से।
तुमने समस्त चराचर संसार।।
को जीत लिया था।
किया था तुमने अत्याचार।।

उनकी प्रिय पत्नी को तुम।
चोरी से हर लाये हो।।
मैं उन्हीं का दूत हूँ।
जो तुम समझ नहीं पाये हो।।

अरे रावण! मैं जानता ही हूँ।
प्रभुता से तुम्हारी सारी।।
कितना कपटी है तू रावण।
क्या मति गई है तेरी मारी।।

सहत्र वाहु से तुम्हारी।
लडाई हुई थी एक बार।।
बाली से युद्ध करके।
यश प्राप्त किया हर प्रकार।।

हनुमान जी के वचन सुनकर।
बात टाल दी जोर से हंसकर।।
अरे बानर क्या कहता है।
चुप रह गया यही सब कह कर।।

मुझे भूख लगी थी लंकेश।
इसी लिये मैंने फल खाये।।
तुम्हारे बीर योद्धा रावण।
युद्ध करने उतर आये।।

बानर स्वभाव के कारण ही।
मैंने वाटिका के वृक्ष तोड़ डाले।।
जो लंका के पहरे दारों ने।
बड़े प्रेम से थे पाले।।

हे निशाचरों के मालिक।
अपनी देह होती सबको प्यारी।।
जिसने मुझे मारा मैंने उसे।
फिर क्या बात विचारी।।

इसी कारण तुम्हारे पुत्र ने।
मुझे बांध लिया है।।
मेरी कोई गलती नहीं।
उसने अपराध किया है।।

मुझे कोई लज्जा नहीं है।
अपने ही बॉंधे जाने की।।
मैं तो प्रभु की शरण हूँ।
यह बात तुम्हें है समझाने की।।

हे रावण मैं तुमसे विनती करता हूँ।
अपने दोनों हाथ जोड़कर।।
तुम अपना भला सोचों।
निर्णय लेना सोच समझ कर।।

मेरी बात मानो रावण।
छोड़ करके तुम अपना अभिमान।।
अपने पवित्र कुल का विचार।
करके दो तुम सबको सम्मान।।

सारे भ्रम हो छोड़ कर भेजों।
भक्त भय हरि भगवान को।।
जो परम् ब्रह्म, परमेश्वर हैं।
अर्न्तयामी महान जो।।

जो देवता, राक्षस और संसार।
को क्षण में खा जाता है।।
काल भी जिनसे डरता है।
प्राणों की भिक्षा पाता है।।

उनसे कदापि बैर न करो तुम।
मेरा यह कहना मान लो।।
माता 'सीता' को वापस दे दो।
अपना कल्याण जान लो।।

रवर के शत्रु श्री राम चन्द्र।
शरणागत की रक्षा करते हैं।।
दया के सागर हैं प्रभु।
भक्तों के वश में रहते हैं।।

हे दशशीश श्री राम चन्द्र भगवान।
की शरण में जाने पर।।
सब पाप दूर हो जायेंगे।
'राम' नाम ही गाने पर।।

तुम्हें शरण में रख लेंगे।
भुलाकर अपराध तुम्हारा।।
इससे आगे प्राण बचाने का।
कुछ भी नहीं है सहारा।।

चरण कमलों को हृदय में।
धारण करो तुम भगवान के।।
श्री राच चन्द्र जिनका नाम है।
अर्न्तयामी महान के।।

फिर तुम लंका का राज्य।
कर लोगे निश्चिन्त हो कर।।
कोई कष्ट नहीं होगा।
सदा रहोगे प्रसन्न हो कर।।

ऋषि पुलस्थ जी का यश।
सदा चन्द्रमा के समान है।।
उसमें तुम कलंक न बनो।
जो यश चारों ओर महान है।।

'राम' नाम के बिना कभीं
वाणी कभी शोभा नहीं, पाती।।
सब गहनों से सजी सुन्दरी।
वस्त्रों के बिना है शरमाती।।

मद मोह को छोड़ कर तुम।
मन में अपने करो विचार।।
हे देवताओं के शत्रु।
सोच समझ लो हर प्रकार।।

"राम" विमुख पुरूष की सम्पति।
रही हुई भी चली जाती है।।
उसका पाना न पाने के समान है।
बुद्धि बहुत फिर पछपाती है।।

जिन नदियों के मूल में।
जल स्त्रोत नहीं है कोई।।
वे नदियां गर्मियों में।
सूख कर हैं रोई।।

जिन नदियों को केवल।
आसरा रहता है बरसात का।।
उन्हें पता नहीं रहता है।
भविष्य के किसी बात का।।

वर्षा बीत जाने पर वे।
तुरन्त ही सूख जाती हैं।।
हाय ये क्या हो गया है।
फिर मन ही मन घबराती हैं।।

हे रावण सुनो तुम मैं।
प्रतिज्ञा करके कहता हूँ।।
हर दिन हर क्षण में।
श्री 'राम' भजन में रहता हूँ।।

इस संसार में नहीं है।
'राम' विमुख की रक्षा करने वाला।।
चाहे कोई कितना बली हो।
सबका मुख होता है काला।।

हजारों शंकर, विष्णु व ब्रह्मा।
भी बचा न पायेंगे।।
श्री राम चन्द्र जी के चरणों में।
गिरकर "राम" नाम ही गायेंगे।।

मोह ही जिन का मूल है।
ऐसे होते हैं पीड़ा देने वाले।।
अभिमान रूपी शस्त्र त्याग दो।
क्यों हो तुम इन्हें सभाले।।

कृपा के समुद्र दया वान।
श्री "राम चन्द्र" भगवान का।।
निशदिन भजन करे, तुम।
अर्न्तयामी महान का।।

यद्यपि भक्ति, ज्ञान, वैराग्य।
नीती कहीं श्री हनुमान ने।।
बुद्धि बल के निधान हैं।
बजरंग बली महान ने।।

तो भी बहुत हंस कर बोला।
रावण बड़ा था अभिमानी।।
हमें आज गुरू मिला है।
यह नीच बन्दर बड़ा ही ज्ञानी।।

रे दुष्ट नीच अधम।
मुझे शिक्षा नीति सिखा रहा है।।
अपने वचनों की अमृत की जगह।
मुझे जहर पिला रहा है।।

हनुमान जी कहते हैं कि।
यह तेरा ही बुद्धि का फेर है।।
मृत्यु निकट आयी है तेरी।
इसमें अब कुछ नहीं देर है।।

अब प्रभु कृपा से ही।
मैंने प्रत्यक्ष जान लिया है।।
तेरी इस दुष्ट बुद्धि से।
मैंने भी कुछ ज्ञान लिया है।।

हनुमान के वचन सुनकर।
रावण क्रोध में बोला।।
मन में भरे क्रोध का उसने।
हृदय से ग्रंन्थ खोला।।

अरे इस मूर्ख का तुम।
प्राण शीघ्र ही हर डालो।।
हजारों टुकड़े कर दो इसके।
अपना-अपना शस्त्र संभालो।।

रावण बड़ा ही क्रोधित हो गया।
हनुमान जी के सुनकर वचन।।
अरे नीच, मुर्ख बानर तू।
मुझे सिखाता 'राम' भजन।।

इस मूर्ख के प्राणों को।
शीघ्र क्यों नहीं हर लेते।।
तलवार से इसके शरीर के।
टुकड़े-टुकड़े क्यों नहीं कर देते।।

सुनते ही राक्षस शीघ्र।
हनुमान पर झपट पड़े।।
उन्हें भय कैसा लगता।
वे अडिग हो रहे खड़े।।

उसी समय मंन्त्रियों के।
साथ वहां विभीषण आये।।
वहां का दृष्य देखकर।
उनके नेत्र थे चकराये।।

विनय करके राजा रावण से कहा।
अपना शीश झुकाकर।।
किसी दूत को नहीं मारना चाहिये।
यह नीति विरूद्ध है समझा कर।।

हे लंकेश इस अपराध का।
कोई दूसरा दण्ड दिया जाये।।
जिससे यह संन्देश।
अपने स्वामी तक पहुँचाये।।

सब ने कहा यह आपकी।
सलाह अच्छी ही है भाई।।
नीति से विभीषण ने।
यह लंकेश को समझाई।।

यह सुनकर रावण बोला।
हंस कर बड़ा अभिमानी।।
विभीषण ने नीति कही।
है बड़ी ही सयानी।।

अच्छा तो बन्दर के।
अंग-भंग ही कर डालो।।
इसे वापस भेज दो।
अब यहां न इसको पालो।।

बन्दर की ममता पूँछ पर।
होती ही है सारी।।
बन्दर को पूँछ होती है।
अपने प्राणों से भी प्यारी।।

मैं कहता हूँ तुम।
सब लोगों को समझाकर।।
तेल में कपड़ा डुबोकर।
इसकी पूँछ में बांध कर।।

शीघ्र ही आग लगा दो।
अब न करो तुम देरी।।
इस दण्ड में अब।
नहीं होगी कुछ हेरा फेरी।।

जब बिना पूँछ के यह।
जायेगा अपने स्वामी के पास।।
देख कर के इस का स्वामी।
मन में होगा बड़ा निरास।।

तब शीघ्र ही यह मूर्ख।
अपने स्वामी को साथ लायेगा।।
फिर लंका में ही प्राण देकर।
यहीं राम का भजन गायेगा।।

मुझ विश्व विजयी से।
जिसकी की है बहुत बड़ाई।।
मैं भी देखना चाहता।
इसके स्वामी की प्रभु ताई।।

यह वचन सुनते ही।।
'हनुमान' मन में मुस्कुराये।।
रावण की बुद्धि देखकर।
मन ही मन हरषाये।।

अपने मन ही मन सोच।
रहे हैं श्री हनुमान।।
सरस्वती जी ने बुद्धि फेर ली।
लगा रहे हैं वे अनुमान।।

पूँछ में आग लगाने की।
राक्षस करने लगे तैयारी।।
रावण के साथ सभी की यहां।
बुद्धि गई थी मारी।।

पूँछ पर लपेटने पर इतना।
कपड़ा व तेल लग गया।।
लंका का कपड़ा घी, और तेल।
सब खतम ही हो गया।।

हनुमान जी पूँछ बढाते रहे।
ऐसा दिखाया उन्होंने खेल।।
पूँछ और हनुमान का।
रहा नहीं था कोई मेल।।

लंका वासी सब नर-नारी।
यह तमासा देखने आये।।
यह सब देख करके।
जोर-जोर से हठाके लगाये।।

राक्षस पैर से ठोकर मारते हैं।
पवन पुत्र हनुमान को।।
जो स्वयं रूद्रअवतार हैं।
बजरंग बली महान को।।

जोर-जोर से हंस करके।
सब उनकी हंसी उडाते हैं।।
कोई पूँछ खींच करके।
ईधर-उधर ले जाते हैं।।

लोग तालियां पीटते हैं।
ढोल भी बजाये जाते हैं।।
देखो इस बानर को देखो।
सब प्रसन्न हो जाते हैं।।

फिर पूँछ पर आग लगाई।
पवन पुत्र श्री हनुमान की।।
संकट मोचन नाम है जिनका।
बडे हो बुद्धि मान की।।

तुरन्त छोटे से हो गये।
अग्नि को जलते देख कर।।
अब यह ठीक हुआ है।
मन से ही समझ कर।।

बन्धन से निकल कर।
सोने की अटारियों पर।।
चढते ही जा रहे हैं।
एक से एक दूसरे पर।।

उनको देख करके राक्षसों,
की स्त्रियां हो गई भयभीत।।
सुध वुध अपनी खो बैठे।
उन्हें रहा नहीं कोई चीत।।

उनचासों पवन चलने लगी।
उस समय कृपा से भगवान की।।
उस परम् ब्रह्म परमेश्वर की।
अन्तर्यामी महान की।।

हनुमान गर्जना करते हुये।
करने लगे अट्टाहास।।
अपना शरीर बढाकर के।
छू ही गये आकाश।।

हनुमान जी ने देह बढ़ाकर।
अपने दिखाये चमत्कार।।
बहुत ही हल्के हो गये हैं
'राम' नाम का कर सत्कार।।

नगर धू-धू कर जल रहे हैं।
लोग सब बेहाल हैं।
आग की भंयकर लपटों में।
आ रहे नहीं कोई ख्याल हैं।।

आग की करोड़ो लपटें।
उठ रही हैं बड़ी भंयकर।।
महल खाक हो रहे हैं।
इस आग से शीघ्र ही जलकर।।

कभी किसी ने नहीं सोचा।
क्या होगा आज कल है।।
साधु के अपमान का ही।
यह इतना मीठा फल है।।

'शिव' जी कहते हैं हे 'उमा'।
जिसने आग को बनाया है।।
हनुमान जी उन्हीं के दूत हैं।
जिनमें सारा ब्रह्मांड समाया है।।

एक महल से दूसरे महल।
पर शीघ्र चढ़ जाते हैं।।
देखने वाले उन्हें अपने।
नजदीक ही पाते हैं।।

हाय बप्पा हाय माँ अब।
हमें इस समय कौन बचायेगा।।
चारों ओर आग ही आग है।
ये प्राण हमारे ले जायेगा।।

सच तो यह बानर नहीं है।
किसी देव का अवतार है।।
बानर का रूप धर कर।
कर रहा यहां संहार है।।

नगर अनाथ की तरह ही।
जल रहा है क्षण भर में।।
एक विभीषण का घर नहीं जला।
श्री 'राम' नाम के अक्षर में।।

इसी कारण उन्हें कभी।
अग्नि नहीं जला पाती।।
हनुमान के नजदीक आने पर।
स्वयं शीतल हो जाती।।

हनुमान जी ने उलट-पलट कर।
सारी लंका जला डाली।।
फिर वे समुद्र में कूद पड़े।
राम-नाम की माला सभांली।।

तब ही सीता माता ने।
अपनी चूड़ामणि उतार कर।।
हनुमान जी को दे दी।
श्री राम चरणों में प्यार कर।।

उसे हर्ष पूर्वक से लिया।
माता को किया प्रणाम।।
मन में जपने ही लगे।
श्री राम जय राम जय जय-राम।।

जानकी जी ने कहा हे तात्।
प्रभु से करना मेरा प्रणाम।।
हे प्रभु रक्षा की जिये।
आप सब प्रकार है पूरन काम।

आपको मेरे स्वामी जी।
किसी प्रकार की नहीं है कामना।।
कोई आपसे कर नहीं सकता।
किसी भी युद्व में सामना।।

दीन दुखियों की रक्षा करना।
आपका परम धर्म है।।
और संकट से उवारिये नाथ।
यही आपका कर्म है।।

अतः मेरे दुःख को याद करके।
मेरे संकट दूर किजिये।।
मेरे अवगुणों को मेरे स्वामी।
क्षमा दान ही दी जिये।।

हे तातू इन्द्र पुत्र जयन्त की।
कथा प्रभु को सुनाना।।
प्रभु को उनके वाण का।
प्रताप भी समझाना।।

हे पुत्र हनुमान' यदि एक।
माह तक मेरे स्वामी नहीं आयेंगे।।
तो मुझे किसी भी प्रकार।
जीवित व नहीं पायेंगे।।

हे हनुमान कहो मैं अपने।
प्राण जीवित रखूँ किस प्रकार।।
रावण यहां पर मुझे बड़ा।
दुःख दे रहा है बार-बार।।

तुम को देख छाती शीतल हुई।
तुम कह रहे हो जाने को।।
जाना भी शीघ्र है पुत्र।
मेरे स्वामी को समझाने को।।

चलते समय उन्होनें तब।
महाधुनि से गर्जन किया।।
राक्षासियों की स्त्रियों के गर्भ गिरे।
लाँध कर सागर पार किया।।

हनुमान जी को देख कर।
सब हर्षित ही हो गये।।
मन प्रसन्न हो गया।
आनन्द में ही खो गये।।

तब सभी बानर वीरों ने।
अपना नया जन्म ही माना।।
हनुमान का मुख प्रसन्न है।
कुशल कार्य है जाना।।

हनुमान जी के शरीर में।
पूर्ण तेज है विराज मान।।
ऐसा लग रहा है मानो।
किरणें निकल रही सूर्य समान।।

जिससे सभी बानर वीरों ने।
समझा सफल हुआ है काम।।
जै सिया राम जै सिया राम।
श्री राम जय राम जय जय राम।।

कहते ये श्री राम चन्द्र जी का।
कार्य सफल कर आये हैं।।
इसी लिये इतना प्रसन्न है।
इन्होंने माता के दर्शन पाये हैं।।

बहुत ही हर्षित हुये।
सब हनुमान जी से मिलकर।।
सबके मन फूल हो गये।
प्रसन्न्ता से खिलकर।।

जैसे तड़पती हुई मछली को।
जल शीघ्र मिल जाता है।।
प्राण रक्षा हो जाती है।
मन प्रसन्न हो पाता है।।

सब हर्षिता होकर पूछते हैं।
नये-नये ही इतिहास।।
श्री राम जय राम जय जय राम।
पर करके ही विश्वास।।

प्रभु श्री राम चन्द्र जी।
से प्रसन्नता से मिलने आ रहे हैं।।
अपने मन में ' सीता राम''।
सीता राम ही गा रहे हैं।।

तब सब लोग प्रसन्नता से।
मधु वन के भीतर आये।।
बड़ी प्रसन्नता से वहां के।
मधुर फल हैं खाये।।

मना करने लगे तब सबको।
मधुवन के रखवाले।।
जो मधुवन के रक्षक थे।
बड़े वीर और बड़े निराले।।

उनको सभी बानर मिलकर।
लात घूसों से मारते।।
सब रख वाले भाग गये।
श्री 'राम' नाम ही पुकारते।।

उन्होनें सुग्रीव से शीघ्र ही।
जाकर कहा इस प्रकार।।
अंगद की सहमति वन उजाड़ रहे हैं।
रक्षकों को भी दे रहे हैं मार।।

सुग्रीव बहुत प्रसन्न हुये।
ये प्रभु का कार्य कर आये हैं।।
इसलिये वन उजाड़ रहे।
इसी लिये प्रसन्नता पाये हैं।।

यदि बानरों ने ''सीता'' जी की।
खबर नहीं हो पाई।।
इतनी प्रसन्नता नहीं होती।
मन रहता था दुःख दायी।।

तो बानर किस प्रकार से।
मधुवन के फल खा पाते।।
फल खाने से पहले ही।
अपने आप में शरमा जाते।।

राजा सुग्रीव इस प्रकार।
अपने मन में कर रहे विचार।।
सभी बानर वहां आये।
करते श्री राम चन्द्र की जय जय कार।।

सबने आकर के राजा।
सुग्रीव के चरणों में सिर नवाया।।
सुग्रीव ने भी सभी पर।
अपना पवित्र प्रेम बरसाया।।

उन्होंने कुशल पूँछी तब।
उत्तर देते हैं श्री हनुमान।।
जो स्वयं रूद्रावतार हैं।
बल बुद्धि में हैं बड़े महान।।

आपके चरणों के दर्शनों से।
सब कुशल ही है महाराज।।
सीता माता जी के दर्शन कर।
हम लौट रहे हैं यहाँ आज।।

श्री राम चन्द्र जी की कृपा से।
सफल ही हो गये सारे काम।।
हम निरंतर जप रहे हैं।
श्री राम जय राम जय जय राम।।

हे नाथ श्री हनुमान जी ने।
सारा कार्य ही सफल किया है।।
'सीता माता के दर्शन करके।
अमोध आशीर्वाद लिया है।।

सभी बानरों के प्राण बचा लिये।
हैं पवन पुत्र हनुमान ने।।
जो रूद्र अवतार महाबलशाली।
बजरंग बली महान ने।।

यह सुनकर सुग्रीव जी।
हनुमान से दुबारा मिले।।
प्रसन्न्ता से दोनों के।
हृदयों में फूल खिले।।

सुग्रीव बानरों सहित चले।
श्री राम चन्द्र जी के पास।।
सिया वर राम चन्द्र जी की जै।
मन में रख भारी विश्वास।।

बानरों को आते हुये देखा।
श्री राम चन्द्र भगवान ने।।
जो परम् ब्रह्म परमेश्वर हैं।
अर्न्तयामी महान ने।।

विशेष ही हर्ष हुआ तब।
प्रभु के मन में।।
हृदय प्रफुल्लित हो गया।
पुलकावली हुई तन में।।

सुन्दर स्फटिक शिला पर।
बैठे हैं दोनों भाई।।
दोनों का मन प्रसन्न है।
मन फूल सा हरषाई।।

सब बानर एक साथ उनके।
चरणों में हैं गिर पडे।।
दोनों भाई बानरों से।
चारों ओर से घिर गये।।

सबसे गले मिल कर मिले।
श्री राम चन्द्र भगवान।।
विष्णु के पूर्ण अवतार हैं।
जग का करते जो कल्याण।।

तब सब की पूछने ही लगे।
भगवान जी कहते इस प्रकार।।
हे प्रभु सुनिये यह।
सब कुशल है बार-बार।।

हे नाथ! जिस पर आप।
सदा ही दया ही करते हैं।।
उनको कैसा कष्ट होता।
हम सब आपकी शरण में रहते हैं।।

उनका सदा कल्याण ही होता।
कुशल ही रहते हैं निरन्तर।।
देवता, मनुष्य मुनि सदा।
प्रसन्न ही रहते हैं उन पर।।

हे प्रभु आपकी कृपा से।
गुणों का सागर बन जाता है।।
वहीं विजयी वही विनयी।
जब भक्ति आपकी पाता है।

हे नाथ जो करनी की है।
पवन पुत्र श्री हनुमान ने।
जो अत्यधिक बलशाली हैं।
सभी बानरों में बुद्धि मान-ने।।

उस का वर्णन नहीं किया जाता।
चाहे सुख हों हजार।।
श्री बजरंग बली की गुण गाथा।
हम गाते रहेंगे बार-बार।।

तब भगवान ने सुन्दर चरित्र।
प्रभु श्री राम चन्द्र को सुनाये।।
बार-बार कह करके।
अपने मुख से गुण हैं गाये।।

वे चरित सुनने पर बडे।
प्रसन्न हुये 'राम चन्द्र' भगवान।।
जो परम् ब्रह्म परमेश्वर हैं।
अर्न्तयामी महान।।

प्रभु ने हर्ष से हृदय से।
लगा लिया श्री 'हनुमान' को।।
जो स्वयं रूद्रावतार हैं।
बजरंग बली महान को।।

हे करूणा निधान माता का।
एक-एक पल बितता है कल्प समान।।
हे प्रभु अब शीघ्र ही।
करिये सीता माता जी का कल्याण।।

हे प्रभु अब तुरन्त चलिये।
अपने प्रताप ऐश्वर्य से भारी।।
लंका पर चढाई करने की।
कर लो अब तैयारी।।

प्रभु ने पूछा हे तात् सुनो।
वहां ''सीता'' किस प्रकार रहती है।।
इस विरह में अपने प्राणों की।
वह रक्षा कैसे करती है।।

हनुमान जी ने कहा आपका नाम।
रात-दिन पहरा देने वाला है।।
आपका ध्यान ही किवाड़ है।
नाम के जप से मन संभाला है।।

अपने सुन्दर नेत्रों को।
अपने चरणों में रहती है लगाये।।
आसूंओं से आखुंओं को।
रहती है भिगाये।।

माता के शरीर, मन पर।
यही लगा है ताला।।
'राम' -नाम ही है उनका।
एक मात्र रख वाला।।

फिर प्राण जाने का।
कोई नहीं है वह रास्ता।।
किसी से भी माता जी का।
कुछ भी नहीं है वास्ता।।

आते समय माता जी ने।
चूड़ामणि दी उतार कर।।
श्री राम चन्द्र जी उसे लेकर।
हृदय से लगाया प्यार कर।।

हे प्रभु फिर हनुमान जी।
कहते ही है इस प्रकार।।
हे नाथ नेत्रों में जलभर कर।
माता जी कहती बार-बार।।

हे तात् छोटे भाई सहित।
श्री प्रभु के चरण पकड़ना।।
कहना आप दीनबन्धु है।
हाथ जोड़कर ये कहना।।

आप दीन बन्धु हैं।
शरणागत के दुःखों को हरने वाले।।
मन, वचन, व कर्म से।
वाणी से भी हैं निराले।।

आपके चरणों की अनुरागणी।
ही हूँ मैं मेरे स्वामी।।
किस अपराध से त्यागा।
आप तो हैं अर्न्तयामी।।

फिर किस अपराध से।
आपने मुझे त्याग दिया।।
किस युग किस जन्म का।
बदला मुझसे है लिया।।

हाँ हे स्वामी मैं एक दोष।
अपना अवश्य ही मानती हूँ।।
आपके विरह को भी।
मैं अच्छी प्रकार जानती हूँ।।

आप का वियोग होते ही।
प्राण क्यों नहीं चले गये मेरे।।
हे नाथ! मेरे लिये क्यों।
होती है रात और सवेरे।।

हे नाथ! यह मेरे ही।
नेत्रों का अपराध है सारा।।
जो प्राणों को निकलने से रोकता है।
ये मन क्या करे बेचारा।।

विरह अग्नि है शरीर रूई हैं।
स्वांस पवन के समान है।।
अग्नि पवन के संयोग से।
जलती मेरी यह जान है।।

परन्तु नेत्र अपने हित में।
प्रभु का स्वरूप देख कर।।
सुखी होने के लिये।
देखते हैं इधर-उधर।।

प्रभु का स्वरूप देखने के लिये।
आखें जल बरसाती हैं।।
इस विरह की आग को।
शीतल ही कर जाती हैं।।

हे प्रभु सीता माता जी को।
विप्पति बड़ी ही भारी है।।
जो बिना कहे ही ठीक है।
आगे कहने में लाचारी है।।

कहने से आपको हे प्रभु।
क्लेश ही होगा मन में।।
'सीता' माता रहती हैं।
आपके नाम 'राम' भजन में।।

उनका एक-एक पल कल्प।
के समान बीतता है कृपा निधान।।
आप तो अर्न्तयामी हैं।
सब जानते हैं श्री भगवान।।

हे प्रभु अब शीघ्र चालिये।
मार कर दुष्टों को सारे।।
"सीता" जी को ले आईये।
वे आपके नाम सहारे।।

सीता जी के दुःख को सुनकर।
दुःखित हुये हैं सुख के धाम।।
मन में भारी दुःख हुआ।
सोच रहे हैं प्रभु श्री राम।।

प्रभु के दोनों नेत्रों में।
शीतल ही जल भर आया।।
प्राण प्रिया के वियोग में।
धीरे-धीरे छल काया।।

प्रभु बोले मन, वचन व कर्म से।
जिसे मेरा ही है सहारा।।
उसे क्या स्वप्न में भी।
विप्पत्ति का दिख सकता है तारा।।

अथवा उसे स्वपन में भी।
विप्पति नहीं है आती।।
उसके नजदीक आकर वह।
खुद ही हैं शरमा जाती।।

'हनुमान' जी ने कहा हे प्रभु।
विप्पति तभी ही आती है।।
आपके नाम का भजन 'राम'।
कहने में रूक जाती है।।

हे प्रभु राक्षसों की।
कितनी भारी है बात।।
आपको शत्रु जीतने के लिये।
केवल चाहिये एक ही रात।।

आप शत्रु को जीतकर के।
शीघ्र माता को ले आइये।।
अब बिलम्ब न करें नाथ।
अपने मन को समझाइये।।

प्रभु बोले हे हनुमान।
तेरे समान मेरा उपकारी।।
कोई भी नहीं हो सकता।
चाहे ढूढें दुनिया सारी।।

हे हनुमान तुम्हारे समान।
मनुष्य, मुनि कोई शरीर धारी।।
तुमसा नहीं हो सकता है।
मैंने अपने मन में विचारी।।

हे हनुमान में क्या करूँ।
इसके बदले में उपकार की।
देख रहा कोई वस्तु नहीं है।
देख लिया सारा संसार की।।

तेरे समान नहीं हो सकता।
हे हनुमान मेरा यह मन।।
चारों दिशाओं में देख लिया।
करके हर बार मनन।।

हे हनुमान मैंने अपने मन में।
खूब विचार कर देख लिया।।
तुझसे उऋृण नहीं हो सकता।
सोच समझकर है किया।।

हनुमान जी को देख रहे हैं।
देवों के रक्षक प्रभु बार-बार।।
नेत्रों में जल भर रहा है।
शरीर पुलकित हो रहा हर प्रकार।।

प्रभु श्री राम चन्द्र जी के।
बडे सुन्दर वचन सुनकर।।
हनुमान बड़े प्रसन्न हुये।
प्रभु को प्रसन्न जानकर।।

प्रभु के सुन्दर सुडौल।
अंगों को देख कर सारे।।
प्रेम में विहल हो कर।
'राम' नाम गाते प्रसन्न्ता के मारे।।

हे भगवान मेरी रक्षा करो।
रक्षा करो ही कहते बार-बार।।
प्रभु के चरणों में गिर पड़े।
आंसू छलकाये हर प्रकार।।

हनुमान जी के सिर पर है।
कर कमल श्री राम चन्द्र भगवान का।।
जो परम् ब्रह्म परमेश्वर हैं।
अर्न्तयामी महान का।।

फिर गौरी पति भोले नाथ ने।
अपने मन को किया सावधान।।
अति सुन्दर राम कथा का।
करने लगे वे फिर बखान।।

प्रभु बोले रावण के द्वारा।
सुरक्षित लंकाको कैसे जलाया।।
रावण का किला अदभुत है।
सारा भेद तुमने कैसे पाया।।

बड़े ही प्रिय वचन तब।
बोले प्रभु से श्री हनुमान।।
अपने मन को शीतल करके।
कोई नहीं मन में अभिमान।।

प्रभु श्री राम चन्द्र जी हनुमान।
को बार-बार चाहते हैं उठाना।।
परन्तु प्रेम में डूबे हनुमान ने।
प्रभु चरणों में ही सुख माना।।

उस स्थिति का स्मरण करके।
प्रसन्न हो गये शंकर भगवान।।
गौरी पति कैलास पती।
प्रभु चरणों में करते ध्यान।।

श्री हनुमान जी को उठाकर।
प्रभु ने अपने हृदय से लगाया।।
बड़े प्रेम से हाथ पकड़ कर।
अपने नजदीक बिठाया।।

श्री हनुमान जी ने प्रभु को।
इस समय बड़ा प्रसन्न ही जाना।।
प्रभु चरणों को निहारते।
अपने को बड़ा धन्यमाना।।

हे प्रभु बन्दर का बस।
एक ही पुरूषार्थ है भारी।।
एक डाल से दूसरी डाल पर।
चला जाता है बारी-बारी।।

हे प्रभु मैंने जो समुद्र।
लांधकर सारी लंका को जलाया।।
बड़े-बड़े राक्षस वीरों को।
आपके नाम "राम" से ही हराया।।

मैंने अति सुन्दर विचित्र।
अशोक वन ही उजाड़ डाला।।
राक्षसों का पहली बार।
मुझसे पड़ा था पाला।।

यह सब तो हे रधुनाथ जी।
आपका ही प्रताप है सारा।।
मैं आपके चरणों का।
सेवक हनुमान हूँ प्यारा।।

हे नाथ! इसमें मेरी।
कुछ भी नहीं है बड़ाई।।
आपके नाम -"राम" ने ही।
सारी योजना समझाई।।

हे प्रभु जिस पर आप।
सदा ही प्रसन्न हो जाते हैं।।
उसे कुछ कठिन नहीं है।
जो नित "राम-नाम गाते हैं।।

आपके प्रभाव से रूई जो।
जल्दी जल जाने वाली है।।
वहीं असम्भव को सम्भव।
करके ही दिखाने वाली है।।

हे प्रभु मुझे अपनी कृपा।
भक्ति दीजिये सुख देने वाली।।
जो हर युग में लिखी गई है।
कवियों द्वारा अद्‌भुत निराली।।

हनुमान जी की अत्यन्त सुन्दर।
वाणी सुन कर हे भवानी।।
प्रभु का सुन्दर निर्मल मन।
हो ही गया तब पानी-पानी।।

तब हां ऐसा ही हो कहां।
श्री राम चन्द्र भगवान ने।।
जो परम् ब्रह्म परमेश्वर हैं।
अर्न्तयामी महान ने।।

"शिव" जी बोले हे "उमा"।
जिसने प्रभु का स्वभाव जान लिया।।
श्री राम चन्द्र के चरणों को ही।
अपना जीवन मान लिया।।

उसे राम भजन को छोड़ कर।
नहीं सुहाती है दूसरी बात।।
"राम" नाम ही रटता रहता।
चाहे दिन हो या हो रात।।

यह स्वामी सेवक का संवाद।
जिसके हृदय में आ गया।।
वही श्री रघुनाथ जी की।
चरणों की भक्ति पा गया।।

प्रभु के वचन सुनकर के।
बानर गण कहने लगे।।
श्री राम चन्द्र की जय हो।
"राम" भजन में रहने लगे।।

श्री राम चन्द्र भगवान ने।
तब कपि राज सुग्रीव को बुलाया।।
कहा चलने की तैयारी करो।
अब शुभ समय है आया।।

हे सुग्रीव अब बिलम्ब।
किस कारण ही किया जाता है।।
भगवान श्री राम चन्द्र की लीला।
क्या कोई कभी समझ पाता है।।

रावण वध की तैयारी देखकर।
देवताओं ने बहुत फूल बरसाये।।
अब हमारी रक्षा ही होगी।
मन ही मन हरषाये।।

देवता प्रसन्न होकर के।
दुंदुभि बजाते आकाश में।।
श्री राम चन्द्र की जय करते।
"रावण" वध विश्वास में।।

अपने-अपने लोकों को चले।
गये देवता प्रसन्न मन से।।
मन पुलकित ही हो रहा है।
श्री "राम" नाम के भजन से।।

बानर राज सुग्रीव ने।
शीघ्र ही बानरों को बुलाया।।
सेनापतियों के समूह आये
जय-जय कार करवाया।।

बानर भालुओं के झुण्ड।
अनके रंग दरसाते हैं।।
जितने सारे रंग हैं।
व अपने में ही पाते हैं।।

उनमें इतना बल है।
जिसकी तुलना नहीं हो पाती।।
ब्रज से भी बलवान है।
वीर बानरों की चौड़ी छाती।।

सभी रीछ बानर वीर।
प्रभु के चरणों में शीश नवाते हैं।।
श्री "राम चन्द्र" भगवान की जय हो।
श्री राम भजन ही गाते हैं।।

बानर, रीछों की सेना देखी।
श्री राम चन्द्र भगवान ने।।
जो परम् बह्म परमेश्वर हैं।
अर्न्तयामी महान ने।।

तब कमल नेत्रों से उन पर।
सबकी ओर नजर डाली।।
सभी गदा लिये हुये हैं।
किसी के हाथ हैं नहीं खाली।।

श्री राम कृपा पाकर।
बानर हो गये पर्वताकार।।
एक दूसरे को देख रहे हैं।
आश्चर्य चकित बार-बार।।

तब श्री राम चन्द्र जी ने।
हर्षित होकर किया प्रस्थान।।
सुन्दर एवं शुभ शगुन हुये।
प्रसन्न हो रहे हैं श्री हनुमान।।

सब मंगलों से पूर्ण हैं।
जिनकी कीर्ति बड़ी महान।।
एक क्षण में करते हैं जो।
समस्त विश्व का कल्याण।।

उन प्रभु के प्रस्थान के।
शगुन होना नहीं है बड़ी बात।।
लीला की मर्यादा है।
चाहे दिन हो या हो रात।।

प्रभु का प्रस्थान का समय।
"सीता" जी ने जान लिया है।।
"रावण" का वध शीघ्र होगा।
मन से उन्होंने मान लिया है।।

सीता जी के बाये अंग।
बता रहें हैं फड़क-भड़क कर।।
श्री "राम चन्द्र' जी आ रहे हैं।
"रावण वध" को प्रसन्न हो कर।।

"सीता जी को जो-जो।
शगुन हुआ कर रहे हैं।।
"रावण" के लिये अपशगुन।
राक्षसों के प्राण हर रहे हैं।

तब भारी सेना चल पड़ी।
श्री "राम चन्द्र" भगवान की।।
जो जग के पालन कर्ता है।
संसार के अर्न्तज्ञान की।।

उस विचित्र समय का वर्णन।
कौन कवि कर पायेगा।।
कैसे लिखूँ अब क्या लिखूँ।
सोचता ही रह जायेगा।।

असंख्य बानर और भालू।
गर्जना कर रहे हैं भारी।।
जिस गर्जना को सुन कर।
पर्वतों ने भी है हिम्मत हारी।।

बानर भालुओं के नाखून ही।
हैं उनके बड़े भारी हथियार।।
सब जगह विचर रहे हैं।
वे अपनी-अपनी इच्छानुसार।।

रीछ, बानर पर्वतों और।
वृक्षों को लेकर उड़ रहे हैं।।
श्री राम चन्द्र की जय हो कह।
लंका को वे मुड़ रहे हैं।।

करोड़ों भालू वीर बानर।
पृथ्वी पर ही जा रहे हैं।।
बड़े-बड़े जोर-जोर से।
"राम"-नाम ही गा रहे हैं।।

वे गर्जना कर रहे हैं भारी।
जो सचमुच सिंह के समान है।।
सोच रहे "रावण" का वध।
करने में ही कल्याण है।।

उनके चलने व गर्जनें से।
दसों दिशाओं के हाथी।।
विचलित होकर चिग्घाड़ रहे।
बुद्धि स्थिर न हो पाती।।

प्रभु की सेना देख कर।
पृथ्वी माता भी डोलने लगी।।
प्रभु श्री राम चन्द्र की जय हो कह।
अपने नेत्र खोलने लगी।।

हाथी चिघाड़ने लगे।
पर्वत चंचल हो गये।।
प्रभु की जय कार करते।
अपने में ही खो गये।।

पर्वत कांपने लगे तब।
समुद्र खल बला उठे सारे।।
अपनी मर्यादा में रहते।
ये भी "राम" नाम के सहारे।।

गन्धर्व, देवता, मुनि, नाग।
किन्नर सब हर्षित हो गये।।
श्री "राम चन्द्र" की जय हो।
जय कार में ही खो गये।।

सोच रहे हैं अब सारे।
दुःख टल गये हैं हमारे।।
हमको केवल रहना है।
श्री "राम" नाम के ही सहारे।।

अनेकों करोड़ों भयानक बानर।
योद्धा कट-कटा रहे हैं।।
करोड़ों दौड़ रहे हैं।
चलने में अट-पटा रहे हैं।।

प्रबल प्रताप कौसल नाथ।
श्री राम चन्द्र भगवान की।।
जय-जय कार कर रहे हैं।
जग पालक कृपा निधान की।।

प्रभु के गुण समूहों को।
जोर-जोर से गा रहे हैं।।
एक पर्वत से दूसरे पर।
लम्बी छलांग लगा रहे हैं।।

सर्प राज शेष जी भी।
जो परम श्रेष्ठ और महान हैं।।
यह बोझ नहीं सह पा रहे।
जो करते सबका कल्याण हैं।।

शेष जी सर्पराज भी।
मोहित हो जाते बार-बार।।
अपने सारे फन झुकाकर।
करते हैं प्रभु का नमस्कार।।

कच्छप की पीठ पर दांत।
शोभा लग रही है सुन्दर।।
प्रभु की प्रस्थान यात्राको।
परम सुहावनी जानकर।।

उसकी अचल पवित्र कथा को।
शेण जी कच्छप की पीठ पर।।
मानों लिख रहे हों।
जो लग रही बड़ी ही सुन्दर।।

समुद्र तट पर जा उतरे।
श्री राम चन्द्र जी इस प्रकार।।
बानर भालू कर रहे हैं।
श्री 'राम' चन्द्र का जय जयकार।।

अनेकों भालू बानर वीर।
जहां-तहां फल खाने लगे।।
श्री "राम चन्द्र की जय हो।
जोर-जोर से गाने लगे।।

जब से हनुमान जी गये थे।
सोने की लंका जलाकर।।
तब से राक्षस डरते थे।
अपने मन में विचार कर।।

अपने-अपने घरों में थे।
आपस में करते थे विचार।।
अब राक्षस कुल की रक्षा।
हो पायेगी किस प्रकार।।

जिसके दूत का बल।
कभी वर्णन नहीं किया जाता।।
मैंनाक पर्वत भी सच में।
जिन्हें देखकर शरमाता।।

उसके स्वयं नगर में आने पर।
क्या भलाई हो पायेगी।।
लंकेश भी सोच रहा है।
अब कौन युक्ति काम आयेगी।।

अब तो हम लोगों की।
बड़ी बुरी दशा ही होगी।।
फूट-फूट कर हमारी लंका।
इस दशा में तुम कैसे रहोगी।।

दूतियों ने घेर लिया।
लंका की मन्दोदरी रानी को।।
सोच रही है अब क्या होगा।
लंका को आगे कहानी जो।।

मन्दोदरी अपने मन में।
ब्याकुल हो गई भारी।।
सोच रही है अपने मन में।
मैं तो केवल नारी।।

वह पति रावण के महल में गयी।
समझ करके एकान्त।।
सोच रही थी इस समय।
उनका मन होगा शान्त।।

मन्दोदरी हाथ जोड़कर।
रावण के चरणों में गिर गई।।
प्रेम रस में ब्याकुल होकर।
सुध-बुध अपनी खो गई।।

बोले हे प्रियमत तुम।
प्रभु से विरोध छोड़ दीजिये।।
प्रभु का नाम "राम" स्मरण कर।
अपने को धन्य कीजिये।।

हे स्वामी मेरे कहने को।
अत्यन्त हितकर जान कर।।
शत्रुता से अधिक बड़ा।
मेरे प्रेम को पहिचान कर।।

हे स्वामी अपने कोमल।
हृदय में ही जान कर।।
अपनी मुझे चरणों की दासी।
हे विश्व विजयी मानकर।।

जिनके दूत की करनी का।
मन में करके ही विचार।।
राक्षसों की स्त्रियों के।
गर्भ गिरे हर प्रकार।।

यदि भला चाहते हो।
हे मेरे प्राण प्रिय स्वामी।।
श्री "राम चन्द्र भगवान तो।
संसार के हैं अर्न्तयामी।।

"सीता" जी को वापस।
भेज दीजिये सम्मान से।।
बुरा बड़ा ही होगा स्वामी।
प्रभु चरणों के अपमान से।।

सीता हमारे कुल रूपी कमलों।
केवन को दुःख देने वाली है।
काल रात्रि के समान आयी है।
इस संसार में निराली है।।

हे मेरे नाथ। सुनिये बिना।
सीता जी को वापस लौटाये।।
कल्याण नहीं हो सकता है।
क्यों आपकी समझ में नही आये।।

शम्भु और ब्रँहमा जी के।
से भी भला न हो पायेगा।।
प्रभु चरणों में जाने से।
कल्याण ही हो जायेगा।।

श्री राम चन्द्र जी के बान।
सर्पो के समूह के हैं समान।।
प्रभु शरण में जाने से ही।
हो सकता है कल्याण।।

राक्षसों की सेना उनके वाणों के।
आगे मैंढक के समान है।
सर्प मैंढक निगल जायेंगे।
होगा नहीं कल्याण है।।

मन्दोदरी की सुन्दर वाणी।
उसे बाण के समान लगी।।
क्रोध की चिगांरी फूट पड़ी।
भयंकर ज्वाला बन निकली।।

तब रावण के हृदय में।
भारी क्रोध है डोला।।
स्त्री का स्वभाव डरपोक है।
वह हंसा क्रोध से बोला।।

मंगल में भी डर जाती है।
हृदय होता है कमजोर।।
कोई भी हो नारी जाति।
देख लो चारों-ओर।।

यदि बानरों की सेना।
आ भी जायेगी भारी।।
राक्षस उन्हें खा जायेंगे।
अपनी-अपनी बारी-बारी।।

लंका के राजा रावण से।
कॉपते हैं सारे लोकपाल।।
फिर रानी मन्दोदरी के मन में।
कैसे आ रहा है यह ख्याल।।

रावण की रानी इतनी डरपोक है।
उसे बड़ी हंसी ही आती है।।
वा -वा क्या कहना है।
हंसी भी शरमा जाती है।

हे रानी हे मन्दोदरी।
यह तो भारी हंसी की बात है।।
तुम तो सचमुच देख रही हो।
दिन में अंधेरी रात है।।

रानी को हृदय से लगा लिया।
राजा रावण ने ऐसा कहकर।।
टाल दिया सारी बातों को।
अपनी बाहों में कस कर।।

"रावण" सभा को चला गया।
अपना प्रेम दरसा कर।।
मन्दोदरी भी रह गई।
देख करके इधर-उधर।।

मन्दोदरी सोचने लगी कि।
उसकी समझ में कुछ न आता।।
हाय विपरीत हो गये हैं।
मेरे स्वामी से विधाता।।

ज्यों ही राजा रावण अपनी।
सभा में बैठा जाकर।।
एक दम से चौक गया।
सारी सूचना पाकर।।

शत्रु की सारी सेना।
समुद्र के आ गई है उस पार।।
उसने तब मंन्त्रियों से।
सलाह पूछी हर प्रकार।।

अब क्या करना चाहिये।
मंन्त्रियों से पूछी उचित सलाह।।
सभी सभा हंस पड़ी।
बोले बानरों की क्या परवाह।।

आपने देवताओं और।
विश्व को जीता है सारे।।
फिर नर, बानर किस गिनती में हैं।
वे क्या करेंगे बेचारे।।

मंन्त्री वैध और गुरू।
ये तीनों भय और लाभ।।
हित की बात ही कहते हैं।
जिसे कोई करे न आभाष।।

राज्य, शरीर व धर्म।
तीनों का नाश हो जाता है।।
जो हमारे इतिहास में।
सर्व नाश कहलाता है।।

"रावण" के लिये भी वही।
इस समय संयोग वन आया है।।
सभी ने मिलकर के।
मार्ग उलटा ही दरसाया है।।

यही अवसर को शुभ।
जानकर विभीषण वहां आये।।
बड़े प्रेम विनीत स्वभाव से।
बड़े भाई के चरणों में शीश नवाये।।

विभीषण अपने आसन।
पर बैठ गये चुप चाप।।
'राम'' नाम का स्मरण करते।
अपने मन से अपने आप।।

''रावण'' बोला कहो विभीषण।
तुम भी बताओं अपना विचार।।
शत्रु सेना लंका में आयी।
सोच समझ लो हर प्रकार।।

विभीषण मधुर वचन बोले।
तब रावण की आज्ञा पाकर।।
हे कृपालु जब आपने।
राय मुझसे पूछी शरमाकर।।

आपके हित की बात।
कहता हूँ अपनी बुद्धि अनुसार।।
लंका का राज्य सुरक्षित हो।
चारों ओर से हर प्रकार।।

जो मनुष्य अपना कल्याण।
सुन्दर, यश चाहता है स्वामी।।
सुबुद्धि शुभ गति और।
यश बढाये आगामी।।

वह पर स्त्री के ललाट को।
देखे चौथ के चन्द्रमा के समान।।
तभी वह सुरक्षित है।
हो सकता है तब कल्याण।।

वह कभी भी पर स्त्री।
के मुख को न देखे किसी प्रकार।।
पर स्त्री के बारे में।
पाप का न करे विचार।।

सारे भूमण्डल में चौदह।
भवनों का हो एक ही स्वामी।।
जीवों से बैर कर वह।
बन जाता है बड़ा ही कामी।।

शीघ्र ही अपने कर्म से।
स्वयं नष्ट हो जाता है।।
यश नहीं अपयश का।
वह ही भागी ही कहलाता है।।

जो मनुष्य गुणों का।
समस्त सागर होता है भारी।।
चतुर और विद्वान हो।
सदा ही क्यों न हो ब्रहमचारी।।

उसे थोड़ा सा भी लोभ।
क्यों नहीं हो जाता है।।
वह हंसी का पात्र ही।
इस जग में ही कहलाता है।।

हे नाथ काम, क्रोध, मद लोभ।
ये सब नरक के रास्ते हैं।।
सोच समझ कर चलना है।
ये हर मनुष्य के वास्ते हैं।

अपने कल्याण के लिये।
इन सब रास्तों को छोड़कर।।
प्रभु को स्मरण करें मनमें।
श्री "राम" चरणों में जोड़कर।।

जिन चरणों को संत।
सदा ही भजते रहते हैं।।
हर सांस में प्रभु का नाम।
राम-नाम ही कहते हैं।।

"राम" मनुष्यों के ही।
राजा नहीं हैं मेरे स्वामी।।
ये परम् ब्रह्म परमेश्वर हैं।
इस संसार के हैं अर्न्तयामी।।

वे समस्त लोकों के स्वामी।
और काल के भी काल हैं।।
समुद्र पृथ्वी, और आकाश।
ये तीनों ही उनके गाल हैं।।

वे सम्पूर्ण ऐश्वर्य, यश।
धर्म, वैराग्य और ज्ञान।।
के सदा भंडार हैं।
स्वयं श्री राम चन्द्र भगवान।।

वे विकार रहित अजन्मा।
सारे ही लोकों में व्याप्त हैं।।
हर प्राणी के अन्त स्थल में।
वे सदा ही प्रर्याप्त हैं।।

जिनका जन्म नहीं होता है।
जिन्हें कोई जीत न पाता।।
जिनका आदि अन्त नहीं है।
उनको कौन समझ है जाता।।

वे ही पूर्ण ब्रह्म हैं।
स्वयं लिया है अवतार।।
जिनकी गुण-गाथा गाता है।
सारा भूमण्डल यह संसार।।

पृथ्वी, ब्राह्मण, गौ और।
देवताओं की रक्षा करने लिये।।
जो इन पर अत्याचार करता है।
उनका दुःख हरने के लिये।।

मनुष्य शरीर धारण किया है।
परम् ब्रह्म परमेश्वर ने।।
जो संसार के स्वामी हैं।
एक मात्र ईश्वर ने।।

हे भाई! सुनिये वे।
सेवकों को आनन्द देने वाले हैं।।
तीनों लोकों में सुन्दर।
भोले-भाले निराले हैं।।

दुष्टों के समुह को वे।
नाश ही करने वाले हैं।।
वेद, और धर्म की सदा।
रक्षा ही करने वाले हैं।।

हे मेरे बड़े भाई बैर।
त्यागकर उन्हें मस्तक नवाइये।।
''राम''-नाम ही सत्य है।
''राम''-नाम ही गाइये।।

शरणागत का दुःख नाश।
करने वाले श्री भगवान हैं।।
इस जग के पालन कर्ता है।
संसार के अर्न्तज्ञान हैं।।

हे नाथ उन श्री प्रभु का।
वापस दे दो उनकी नारी।।
तब से अशोक वाटिका में।
रोती रहती है बेचारी।।

आप भजिये बड़े दयालू।
श्री "राम" चन्द्र भगवान को।।
जो परम् ब्रह्म परमेश्वर हैं।
अर्न्तयामी महान को।।

जिसके सम्पूर्ण जगत से।
द्रोह करने का पाप लग जाता है।।
जो अपने जीवन को।
मृत्यु के मुख में पाता है।।

उस का भी त्याग नहीं करते।
उनकी शरण में जाने पर।।
बड़े ही भक्त वत्सल हैं।
आ जाते हैं मनाने पर।।

तीनों तापों का नाश करने।
वाला है जिस प्रभु का नाम।।
मनुष्य रूप धारण किया है।
हर युग में जाने जाते सीता राम।।

हे राजा रावण अपने।
हृदय में यह समझ लीजिये आपको।
अपने पर लगा हुआ।
सारा धो डालिये शीघ्र पाप को।।

हे दशशीश आप के इन।
चरणों को छूता हूँ बार-बार।।
सब के कल्याण के लिये।
यही उपाय है हर प्रकार।।

विनती है मान, मद, मौत, को।
त्याग करके मेरे स्वामी।।
लंका के कल्याण की।
योजना बनाओं आगामी।।

सदा स्मरण करते रहिये।
श्री राम-चन्द्र भगवान का।।
जो सारे जग के स्वामी हैं।
अर्न्तयामी महान का।।

मुनि पुलस्त्य जी ने यह।
बात उससे कहलायी है।।
वहीं बात शब्द से शब्द।
मैंने यहां दरसायी है।

हे तात्! यह सुन्दर ही।
कहीं हैं मैंने यह बात सारी।।
भाँति-भाँति से अपने मन।
मन में है मैंने विचारी।।

"रावण की सभा में।
एक मंन्त्री था माल्यवान।।
बड़ा ही राजनितिक था।
और बड़ा ही था बुद्विमान।।

उसने विभीषण के वचन।
सुनकर बड़ा ही सुख माना।।
विभीषण की राय ठीक है।
था वह बड़ा ही माना जाना।।

हे लकेश आप के छोटे भाई।
नीति निपुण और ज्ञानी है।।
उचित राय ही दे रहे हैं।
बड़े भारी ही विज्ञानी हैं।।

जो विभीषण ने कहा।
हृदय में धारण की जिये।।
इसी में कल्याण है।
यही ही समझ लीजिये।।

रावण ने कहा ये दोनों।
कर रहे शत्रु की महिमा का बखान।।
राज्य के विरोधी हैं।
ये मूर्ख ही हैं महान।।

इन्हें राज्य सभा से।
शीघ्र ही दूर करवाओ।।
ये महा मूर्ख हैं।
कही मेरी नजर न आयो।।

"रावण" का क्रोध सुनकर।
घर लौट गया मन्त्री माल्यवान।।
सोच रहा है लंका का।
अब होगा नहीं कभी कल्याण।।

विभीषण फिर कहने लगे।
अपने दोनों हाथ जोड़कर।।
क्रोधित रावण के चरणों में।
अपना सुन्दर शीश रखकर।।

सत बुद्धि और कु बुद्धि।
सबके हृदय में रहती है।।
हे नाथ! पुराण वेद और।
राजनीति भी यही कहती है।।

जहां सुबुद्धि है वहां।
सभी सुख आते हर प्रकार।।
यश, ऐश्वर्य भी लौट-लौट।
कर आता है बार-बार।।

जहां कुबुद्धि है वहां सदा।
दुःख के होते हैं परिणाम।।
फिर भी उनकी रक्षा सदा।
करते-रहते हैं "सीता राम।।

हे तात् आपके हृदय में।
उल्टी बुद्धि ही समायी है।।
इसी लिये मेरे स्वामी।
लंका में विपत्ति मंडरायी है।।

इसी से आप हित को अहित।
शत्रु को मित्र रहे हैं मान।।
अकल्याण को समझ रहे हैं।
आप भली भाँति कल्याण।।

जो राक्षस कुल के लिये।
काल रात्रि के समान है।।
जिस सोच से लंका का।
हो नहीं सकता कल्याण है।।

उन "सीता" जी पर आपकी।
इतनी कैसी प्रीति है।।
पर नारी हो माँ समान।
मानना जग की रीति है।।

मैं आपसे विनती करता हूँ।
आपके चरण पकड़ कर।।
सीता को वापस दीजिये।
श्री "राम" चरण में जाकर।।

जिससे हम सबका आपका।
अहित ही नहीं हो पायेगा।।
लंका में मडंराया काला बादल।
शीघ्र साफ हो जायेगा।।

"विभीषण ने सारी ही नीति।
का सुन्दर किया बखान।।
राजा रावण को समझाया।
इस जग का सारा ज्ञान।।

उसे सुनते ही रावण।
क्रोधित हो गया भारी।।
क्रोध में ही बोल पड़ा।
मति गई उसकी मारी।।

बोला रे दुष्ट अब तेरी।
मृत्यु निकट है आ गई।।
तेरी यह सुन्दर नीति।
मेरे मन को भा गई।।

अरे मूर्ख तू जीता तो है।
सदा मेरे ही जिलाया।।
मेरे अन्न से पल रहा है।
फिर भी दुष्टता से भर आया।।

अरे मूर्ख मेरे ही अन्न।
से पलता रहा है आया।।
तूने मेरे विरूद्ध अपना।
उल्टा वाण है चलाया।।

तुझे फिर भी शत्रु का।
पक्ष अच्छा ही लगता है।
मेरी आज्ञा के बिना।
यहां पत्ता भी नहीं हिलता है।।

अरे दुष्ट बता न इस जग में।
कौन मुझसे बड़ा बलवान है।।
तू नहीं जानता मूर्ख।
यहां रावण ही भगवान है।।

तपस्वियों पर प्रेम करता है।
मेरे नगर में रहकर।।
अपनी बडाई समझ रहा है।
शत्रु की बड़ाई कह कर।।

जा मिल उन्हीं तपस्वियों से।
उन्हीं को नीति समझाना।।
अब लंका में तेरा दुष्ट।
ठीक नहीं है रह पाना।।

ऐसा कह कर रावण ने।
विभीषण को लात मारी।।
चरणों में ही गिर पड़े।
देख अपनी हिम्मत हारी।।

'शिवजी' कहते हैं हे 'उमा'।
अब सुनो तुम आगे की कहानी।।
विपरीत बुद्धि में कर बैठा।
"रावण" बड़ी ही नादानी।।

विभीषण चरणों में ही गिर पड़े।
राजा-रावण के बार-बार।।
फिर भी विभीषण रावण से।
प्रेम दरसाते हैं हर प्रकार।।

हे "उमा" वेदों ने भी संन्तों की।
बड़ी ही महिमा गायी है।।
बुरा करने वालों पर भी।
भलाई की छाप लगायी है।।

विभीषण कहते हैं बड़े भाई।
आप तो पिता समान हैं।।
मुझे मारा अच्छा ही किया।
आप तो बड़े महान हैं।।

परन्तु हे नाथ! आप का भला।
करने में है प्रभु भजन।।
"राम" नाम का स्मरण कर लो।
प्रसन्न ही करलो अपना मन।।

सचिवों को साथ लेकर।
वे आकाश मार्ग से निकल पड़े।।
"राम" नाम का स्मरण करते।
रहे वहां नहीं अब खड़े।।

कुछ रूक कर "विभीषण"।
सुन्दर वाणी में लगे कहने।।
लंका के दरबार में उनकी।
आवाज लगे सब सुनने।।

सत्य संकल्प, सर्व समर्थ।
प्रभु हैं श्री "राम चन्द्र" भगवान।।
जो परम् ब्रह्म परमेश्वर है।
अर्न्तयामी ही महान।।

हे "रावण" काल के बस में।
हो गई है सभा तुम्हारी।।
सच को झूठ समझते हो।
तब बुद्धि गई है मारी।।

अब तुम मुझे दोष न देना।
मैं प्रभु शरण में जाता हूँ।।
श्री 'राम चन्द्र' भगवान के।
चरणों में मोक्ष पाता हूँ।।

विभीषण आकाश मार्ग से।
चल ही पड़े तत्काल।।
अब लंका में रूकने का।
कोई नहीं था सवाल।।

तब शीघ्र ही वहां के राक्षस।
आयु हीन ही हो गये।।
जो जहां जिस तरह था।
शीघ्र ही वे सो गये।।

'शिवजी' कहते हैं साधु।
के अपमान से है 'भवानी'।।
(धरम पाल) कविता में लिखते।
अब आगे सरल कहानी।।

साधु का अपमान सदा।
कल्याण की हानि कर देता है।।
सच्चाई के बदले झूठ का मार्ग।
अपने में ही ले लेता है।।

'रावण' ने जिस क्षण ही।
त्याग अपना प्रिय भाई।।
ऐश्वर्य हीन अभागा हो गया।
उसकी समझ में नहीं आई।।

विभीषन हर्षित हो कर।
श्री राम चन्द्र जी के चले पास।।
'राम' नाम ही सत्य है।
'राम' चरणों में कर विश्वास।।

वे सोचते जाते हैं की।
मन में अपने इस प्रकार।।
में भगवान के कोमल ओर।
लाल चरणो के बार बार।।

दर्शन करूँगा मैं जो।
जो सबको सुख देने वाले है।।
इस सारे सारे संसार के।
सारे कष्टो को हरने वाले है।।

जिन चरणों के स्पर्श से।
ऋषि नारी अहिल्या तर गई।।
सरल में ही इस भव सागर को।
अहिल्या पार कर गई।।

प्रभु के कोमल चरण।
दण्डक वन को पवित्र करने वाले।।
तीनों लोकों में सुन्दर हैं।
और बड़े ही निराले हैं।।

हृदय में धारण कर रखा है।
जिन चरणों को सीता माता ने।।
जो शक्ति दायनी मोक्ष दायनी हैं।
जग की प्रसिद्ध विख्याताने।।

जो प्रभु कपट मृग के साथ।
दौड़े थे उसे पकड़ने।।
सीता जी के लिये।
जो लगी थी उनसे झगड़ने।।

जिन चरणों की खडाऊँ में।
भरत ने लगाया अपना मन।।
राम राज्य ही चला रहे हैं।
कर अयोध्या में राम भजन।।

उन प्रभु चरणों को मैं।
अपनी आँखों से देखूंगा।।
उन चरणों को सदा ही।
अपने हृदय में लेखूंगा।।

विभीषण अपने शुद्ध हृदय।
से कर रहे हैं विचार।।
शीघ्र ही वे पहुँच गये।
उस सागर के उस पार।।

जहां सेना थी भारी।
श्री राम चन्द्र भगवान की।।
जो परम् ब्रह्म परमेश्वर हैं।
अन्र्तयामी महान की।।

बानर वीरों ने आकाश।
मार्ग से उन्हें आते देखा।।
शत्रु रावण का दूत समझकर।
अपने मन में विचार लेखा।।

बानरों ने उन्हें ठहराकर।
वे सुग्रीव के पास आये।।
विभीषण के आने से।
अपने नैन थे झुकाये।।

बानरों ने एक क्षण में।
सुनाया यह समाचार।।
सुग्रीव ने जताया तब।
उन बानरों पर प्यार।।

सुग्रीव शीघ्र ही चले गये।
श्री राम चन्द्र जी के पास।।
'रावण' का भाई मिलने आया।
जिस पर नहीं कोई विश्वास।।

प्रभु बोले हे मित्र इसमें।
अब क्या राय है तुम्हारी।।
आप भी बताइये सखा।
क्या ये हो सकता हितकारी।।

'विभीषण' बोले हे प्रभु।
निशाचारी माया जानी नहीं जाती।।
ये छली ही होते हैं।
मेरी तो कुछ समझ न आती।।

ये इच्छानुसार अपने।
रूप को बदलने वाला है।।
देखने में बड़ा ही सुन्दर।
अन्तर मन से काला है।।

यह छली न जाने किस।
कारण से यहां आया है।।
हमारे शत्रु "रावण" का भाई है।
जिसमें अधर्म ही समाया है।।

मुझे जान पड़ता है प्रभु।
भेद लेने आया है हमारा।।
इसे बांध कर ही रखा जाय।
हो जायेगा ये वे सहारा।।

सुग्रीव की बात सुन करके।
बोले श्री राम चन्द्र भगवान।।
जो जग के पालन कर्ता हैं।
क्षण में करते जग कल्याण।।

हे मित्र तुमने बहुत ही।
अच्छी नीति है विचारी।।
वास्तव में यही नीति सदा।
नीति रहती है हितकारी।।

परन्तु मेरा प्रण तो है।
शरणागत के भय हर लेना।।
सदा उसके जीवन में।
खुशियों ही खुशियां भर देना।।

प्रभु के वचन सुनकर के।
"हनुमान" जी हो गये प्रसन्न।।
फूल सा ही खिल गया।
बजरंग बली का सुन्दर मन।।

मन ही में कहने लगे।
श्री राम जय राम जय राम।।
रघुपति राघव राजा राम।
पतित पावन "सीता" राम।।

प्रभु किस प्रकार रक्षा करते हैं।
जो भी शरण में उनकी आये।।
देवताओं ने स्वर्ग से।
रंग विरंगे फूल बरसाये।।

शरण में आये हुये की।
पिता तरह प्रेम करने वाले हैं।।
इस जग में पालन करने वाले।
तीनों लोकों में निराले हैं।।

तब मधुर वाणी से बोले।
श्री "राम चन्द्र" भगवान।।
जो परम् ब्रह्म परमेश्वर हैं।
अन्र्तयामी महान।।

जो मनुष्य अपना हित सोच कर।
मेरी ही शरण में आये।।
जो मेरे ही चरणों में।
अपने मन को रहते हैं लगाये।

उनके सब पाप शीघ्र।
ही नष्ट हो जाते हैं।।
वे इस नश्वर संसार में।
साधु ही कहलाते हैं।।

जो मनुष्य अपना अहित।
का करके भली भाँति अनुमान।।
करके मेरी शरण में आकर।।
त्याग करते न देते हैं सम्मान।।

वे पाप मय ही होते हैं।
सदा इस जग में कहे जाते हैं।।
उन्हें देखने से भी पाप लगता है।
ऐसा श्रुतियों में बतलाते हैं।।

जिसे करोड़ों की हत्या का।
लगा हुआ है भारी पाप।।
जो किसी भी यज्ञ से।
हो नहीं सकता है साफ।।

मैं उसे भी नहीं त्यागता।
मेरी शरण में आने से।।
उसके पाप नष्ट हो जाते हैं।
मेरी कृपा ही पाने से।।

पापी का यह स्वभाव है उसे।
मेरा भजन नहीं सुहाता है।।
फिर वह मेरी चरण रज।
किस प्रकार से पाता है।।

जीव ज्यों ही मेरे।
सम्मुख ही हो जाता है।।
त्यों ही उसके समस्त पाप।
नष्ट ही हो जाता है।।

यदि दुष्ट हृदय का होता।
विभीषण "रावण" का भाई।।
तो क्या उसमें मेरे सम्मुख।
आने की शक्ति है समाई।।

जो मनुष्य निर्मल होता है।
वह मुझे पा जाता है।
दुष्ट हृदय का प्राणी सदा।
मुझसे दूर ही रह पाता है।।

मुझे कपट, छल और छिंद।
बिल्कुल नहीं हैं सुहाते।।
सबको परम गति देता हूँ।
जो मेरा नाम है गाते।।

यदि उसे "रावण" ने भेद।
लेने भी भेजा है हमारे।।
तब भी हे सुग्रीव वह।
है यहां मेरे ही सहारे।।

जिससे अपने को कोई।
भय या हानि नहीं हो पायेगी।।
उसकी बुद्धि उसी के।
काम ही नहीं आयेगी।।

क्यों कि हे सखे सुग्रीव।
जग में जितने हैं राक्षस वीर।।
"लक्ष्मण" एक क्षण में ही उनके।
छीन ही लेंगें शरीर।।

यदि वह भयभीत होकर।
मेरी शरण में आया है।।
अपने प्राणों की रक्षा का।
मन उसने ही बनाया है।।

मैं उसे अपने प्राणों।
के समान सुरक्षित रखूंगा।।
क्या तुम्हें कोई दुःख है।
रोज पूछा करूंगा।।

प्रभु "श्री राम चन्द्र जी ने हंसकर।
कहा जो है कृपा के धाम।।
सरल कवि भी गाता रहता।
श्री राम जय राम जय जय राम।।

हे सुग्रीव दोनों स्थितियों में।
उसे लेकर आओ मेरे पास।।
मेरे शत्रु का भाई है।
सोच मन करो न निरास।।

तब अंगद, हनुमान, और सुग्रीव।
श्री राम चन्द्र की कर जयकार।।
विभीषण को लेने चल पड़े।
'राम' नाम स्मरण करते बार-बार।।

विभीषण को आदर सहित।।
आगे करके आ रहे हैं।।
श्री राम जय राम जय जय राम।
जोर-जोर से गा रहे हैं।।

जहां करूणा की खान।
श्री राम चन्द्र भगवान थे।।
जो जग के पालन कर्ता हैं।
अर्न्तयामी महान थे।।

सबके नेत्रों को आनन्द था।
दान ही देने वाले हैं।।
दुष्टों को दण्ड और।
संन्तों को सुख देने वाले हैं।।

दोनों भाईयों को विभीषण जी ने।
दूर से देख लिया।।
मन ही मन प्रभु चरणों में।
चुप चाप ही प्रणाम कर लिया।।

फिर विभीषण देखने लगे।
श्री राम चन्द्र भगवान को।।
जो परम् ब्रह्म परमेश्वर हैं।
अर्न्तयामी महान को।।

वे सांस रोक कर के।
एक टक देखते रह गये।।
उनके दोनों नेत्रों से।
प्रेम के आँसू बह गये।।

प्रभु की विशाल भुजायें।
नेत्र लाल कमल समान हैं।।
सुन्दर साँवला शरीर है।
जो जग के अर्न्तज्ञान हैं।।

शरणागत के भय का वे।
नाश करने ही वाले हैं।।
तीनों लोकों में सुन्दर।
बड़े अद्‌भुत निराले हैं।।

सिंह के से सुन्दर कंधे।
चौड़ी छाती है बड़ी विशाल।।
जो अद्भूत शोभा दे रही है।
होंठ जिनके गुलाब से लाल।।

करोडों काम देवों के मन को।
मुख मोहित करने वाला है।
दुष्टों के लिये यही मुख।
भंयकर आग की ज्वाला है।

प्रभु के स्वरूप को देखकर।
नेत्रों में जल भर आया।।
सिया वर राम चन्द्र की जय हो।
विभीषण ने मन ही मन गाया।।

पुलकित ही हो गया है।
विभीषण का सुन्दर शरीर।।
प्रभु के दर्शन पा लिये हैं।
सच में बदल गयी तस्वीर।।

फिर मन में धीरज धर कर।
विभीषण ने कोमल वचन कहे।।
दोनों सुन्दर नेत्रों से।
प्रेमाश्रुओं का जल बहे।।

हे नाथ! मैं दस मुख।
रावण का छोटा भाई हूँ।।
राक्षस जाति में नीच हूँ।
सचमुच में कसाई हूँ।।

मेरा जन्म राक्षसों में हुआ है।
हे सुनिये देवताओं के स्वामी।।
आप जग के पालन कर्ता हैं।
संसार के हैं अर्न्तयामी।।

हे दया निधान प्रभु।
मेरा तामसी शरीर है।।
आपके दर्शन पा गया।
मेरी बड़ी अच्छी तकदीर है।।

हे नाथ! मुझे पाप ही प्रिय है।
यह मेरा प्रिय स्वभाव हैं।।
क्षमा कीजिये हे प्रभु।
यह राक्षस कुल का प्रभाव है।।

जैसे उल्लू सदा प्रेम करता है।
जब चारों ओर है अन्धकार।।
सोचता है अन्धकार में ही।
डूबा है यह सारा संसार।।

मैं कानों से आपका सुन्दर।
सुयश सुनकर आया हूँ।।
आपकी चरण रज पाकर।
मैं मन ही मन हरषाया हूँ।।

हे प्रभु आप जन्म मरण।
के भय का नाश करने वाले हैं।।
अपने भक्तों के क्षण में।
दुःख दूर करने वाले हैं।।

शरणागत को सुख देने वाले।
श्री "राम चन्द्र" भगवान हैं।।
एक क्षण में सारे जग का।
कर देते आप कल्याण हैं।।

मेरी रक्षा कीजिये रक्षा करें।
हे इस जगत के स्वामी।।
परम् ब्रह्म परमेश्वर हैं।
इस संसार के अर्न्तयामी।।

प्रभु ने उन्हें ऐसा कह कर।।
देखा करते हुये प्रणाम।।
विभीषण मन में गा रहे हैं।
श्री राम जय राम जय जय राम।।

प्रभु तुरन्त खडे हो गये।
मन में अत्यन्त हर्षित होकर।।
विभीषण की वाणी सुनकर।
श्री राम चन्द्र का मन आया भर।।

दीन वचन सुन करके प्रभु को।
विभीषण के वचन बहुत भाये।।
अपनी लम्बी भुजाओं से कस कर।
अपने सुन्दर हृदय लगाये।।

छोटे भाई लक्ष्मण जी सहित।
विभीषण से गले मिलकर।।
सुन्दर ही वचन बोले।
उनको अपने पास बिठाकर।।

श्री 'राम' चन्द्र जी वचन बोले।
भक्तों के भय हरने वाले।।
हे लंकेश परिवार सहित।
लंका में कुशल हैं तुम्हारे।।

अपनी कुशल कहो भाई।
बुरी जगह है तुम्हारा निवास।।
धर्म तो दूर-दूर तक।
फटकता नहीं है आस पास।।

हे विभीषण दिन रात दुष्टों।
की मंडली में तुम बसते हो।।
दुष्ट मंडली की तरह हो।
तुम बार-बार हँसते हो।।

मैं तुम्हारे हर प्रकार के।
सब जानता आचार और व्यवहार।।
तुम बड़े नीति निपुण हो।
कहता है सारा संसार।।

हे विभीषण तुम्हें अनीति।
कभी नहीं सुहाती है।।
दुष्ट बुद्धि तुम्हारे नजदीक।
आ ही नहीं पाती है।।

हे तात नरक में रहना अच्छा है।
दुष्ट का साथ न दे विधाता।।
दुष्टों के साथ से जीवन नरक।
से बड़ा ही वन जाता।।

अब मैं कुशल से ही हूँ प्रभु।
आपके चरणों का दर्शन पाकर।।
मैं तो बहुत ही रह गया हूँ।।
प्रभु जी अपने मन में शरमाकर।।

जो आपने मुझ पर दया की है।
अपना सेवक ही जानकर।।
राक्षस कुल का राक्षस हूँ में।
भली-भाँति पहिचान कर।।

तब तक जीव की कुशल नहीं।
स्वप्न में भी मन को शान्ति नहीं।।
मन ही मन जलता रहता है।
यह बड़ी भंयकर क्रान्ति सही।।

जब तक मनुष्य विषय।
और कामना को छोड़ कर।।
प्रभु चरणों में लीन हो।
मन चरणों में जोड़ कर।।

तब तक कितना ही सुन्दर।
रूप नहीं सजता है।।
जब तक प्रभु का नाम।
"राम" मन नहीं भजता है।।

लोभ, मोह, डाह, मद।
और झूठा मान सम्मान।।
तभी तक हृदय में बसते हैं।
दया न करते जब तक भगवान।।

जब तक धनुष बाण लिये।
कमर में तरकस धारण करने वाले।।
हृदय में आ नहीं बसते हैं।
सारे जग से सुन्दर बड़े निराले।।

हे भाई यह ममता पूर्ण।
है ही ये अन्धेरी रात।।
राग द्वेष रूपी उल्लुओं को।
सुख देती है बात ही बात।।

यह रात दुष्टों को होती।
होती है सुख देने वाली।।
झूठ को सच समझाती है।
बड़ी विचित्र और बड़ी निराली।।

यह रात्रि तभी तक हर।
प्राणी के मन में बसती है।।
कु मार्ग पर चला करके।
फिर अपने आप ही हंसती है।।

जब तक प्रभु आपके प्रताप का।
सूर्य उदय नहीं हो पाता।।
तब तक अपना चमत्कार।
हर प्राणी दिख लाता।।

हे श्री "राम चन्द्र" भगवान जी।
आपके चरणों के करके दर्शन।।
अब में कुशल से हूँ।
हर्षित ही हो रहा मन।।

अब में सुरक्षित हूँ मेरे।
भय मिट गये बड़े भारी।।
राक्षस कुल में नीच हूँ।
बड़ा ही हूँ मैं अत्याचारी।।

आप जिस पर भी अनुकूल।
होतें हैं श्री राम चन्द्र भगवान।।
उस मानव का क्षण भर में।
ही कर देते हैं तुरन्त कल्याण।।

उन्हें नहीं व्यापते हैं।
भव, शूल तीनों प्रकार के।।
कोई बदल न सकता है।
उनको अपने व्यवहार से।।

मैं अत्यन्त नीच जाति का।
राक्षस ही हूँ हे स्वामी।।
अच्छा आचरण नहीं किया है।
आप तो हैं अर्न्तयामी।।

जिनका रूप मुनियों के भी।
कभी ध्यान में नहीं आता।।
उन्हीं प्रभु को आँखों से देख।
कर मन बड़ा सुख पाता।।

हे कृपा और सुख के सागर।
श्री राम चन्द्र जी भगवान।।
हे प्रभु मुझमें भरा है।
छल कपट और अज्ञान।।

हे प्रभु अत्यन्त असीम ।
सोभाग्य ही है मेरा।।
मेरे इस जीवन के लिये।
हो रहा है आज ही सवेरा।।

जो मैंने ब्रहँमा और शिवजी।
द्वारा पूजित युगल चरणों का दर्शन।।
अपने इन नेत्रों से किया था।
प्रसन्न ही हो गया मेरा मन।।

मैं तुम्हें अपना स्वभाव कहूँ।
सुनो तुम लगाकर ध्यान।।
जिसे काक भुसण्डी व शिवजी।
सुनते हैं लगाकर कान।।

कोई मनुष्य सम्पूर्ण जड़।
चेतन द्रोही है इस संसार का।।
वह भी सचमुच हकदार है।
मेरे असली प्यार का।।

यदि वह भी भयभीत होकर।
मेरी शरण में आता है।।
उसे कहीं भी शरण नहीं मिलती।
मन ही मन पछताता है।।

मद, मोह, छल कपट वह।
त्याग दे तो नाना प्रकार।।
मेरे ही चरणों में वह।
मन लगायें बार-बार।।

उस मनुष्य को शीघ्र ही।
साधु के समान कर देता हूँ।।
उसके सारे अवगुणों को।
मैं अपने में ले लेता हूँ।।

माता-पिता और भाई पुत्र।
धन, धर मित्र और परिवार।।
सब साधू हो जाते हैं।
मेरी कृपा से हर प्रकार।।

इन सबको मैं ममता रूपी।
एक ही तागे में बटोर कर।।
सब की एक डोरी वटकर।
जो मुझे लगती है बड़ी सुन्दर।।

ऐसा सज्जन मेरे हृदय बसता है।
जैसे लोभी के हृदय में धन।।
प्यासे के हृदय में जल और।
भक्त के हृदय में राम भजन।।

तुम जैसे संत ही सखा।
सदा मुझे प्रिय लगते हैं।।
कृतज्ञतावश देह धारण नहीं करता।
संन्तगण ऐसा कहते हैं।।

जो भक्त भगवान के उपासक हैं।
उनके मूर्ति रूप के साकार।।
दूसरे के हित में लगे रहते हैं।
हर दिन वे हर प्रकार।।

जो मेरे भक्त नीति और।
नियमों के सदा पक्के हैं।।
जिन्हें ब्रह्म चरणों में प्रेम है।
आचरण के सदा सच्चे हैं।।

हे विभीषण वे मनुष्य मेरे।
सदा प्राणों के ही समान हैं।।
मेरे प्रिय भक्त मुझसे भी।
इस संसार में महान हैं।।

हे लंकाधिपति सुनो तुम।
सब गुण ही हैं अन्दर तुम्हारे।।
इसलिये तुम अत्यन्त प्रिय हो।
अब रहो तुम मेरे सहारे।।

सब बानर कहने लगे वचन।
सुन श्री राम चन्द्र भगवान के।।
जो परम् ब्रह्म परमेश्वर हैं
अन्तरयामी महान के।।

श्री राम चन्द्र जी की जय हो।
जोर से कहते बार-बार।।
प्रभु कृपा के सागर हैं।
करने लगे सब जय जय कार।।

प्रभु की वाणी सुनते ही।
उसे कानों को अमुत जान कर।।
विभीषण अघाते नहीं हैं।
प्रभु का स्वरूप पहिचान कर।।

हृदय में समाता नहीं है।
प्रभु का प्रेम है अपार।।
प्रभु के चरणों को पकड़ते हैं।
"विभीषण" जी बार-बार।।

"विभीषण" कहते हैं देव।
हे चराचर जगत के स्वामी।।
शरणागत के सदा रक्षक।
इस जग के अर्न्तयामी।।

हे नाथ! सब के हृदय की।
भीतर की भी जानने वाले।।
अपने भक्त को अपने से।
सदा बड़ा ही मामने वाले।।

हे प्रभु सुनिये पहले हृदय में।
कुछ वासना थी मेरे।।
"राम" नाम ही जपता रहता।
मैं सांझ और सवेरे।।

वह वासना अब आपके प्रीति।
चरण रूपी नदी में वह गई।।
आपके साक्षात दर्शन हुये।
कोई वासना अब नहीं रह गई।।

'शिवजी' के मन को प्रिय लगने वाली।
अपनी चरणों की भक्ति दीजिये।।
मैं बड़ा ही नीच हूँ।
मुझ पर कृपा कीजिये।।

ऐसा ही हो कह कर।
प्रभु श्री राम चन्द्र भगवान ने।।
समुद्र से जल मगवाया।
उन अर्न्तयामी महान ने।।

प्रभु बोले यद्यपि सखा।
कोई इच्छा नहीं है तुम्हारी।।
पर जगत में मेरा दर्शन।
सदा होता ही है सुख कारी।।

कभी निष्फल नहीं जाता।
जगत में दर्शन मेरा।।
जब भी मेरे दर्शन हों।
प्राणी सोचे उसे सवेरा।।

राज तिलक ही कर दिया।
श्री राम चन्द्र भगवान ने।।
परम् ब्रह्म परमेश्वर ने।
अर्न्तयामी महान ने।।

'रावण' के क्रोध रूपी अग्नि।
वचन रूपी पवन प्रचण्ड हो रही थी।।
जिस वेग से बड़े-बड़ों की।
बुद्वि भी खो रही थी।।

इस अग्नि से जलते हुये।
"विभीषण" को प्रभु ने बचा लिया।।
सोने की लंका का अखण्ड राज्य।
सहज ही विभीषण को दिया।।

दस सिरों के बलि देने पर।
जो सम्पति 'शंकर' भगवान ने।।
रावण को दे दी थी।
गौरी पति महान ने।।

वही सम्पत्ति प्रभु ने विभीषण को।
दी है बड़े सकुचाते ।।
ये तो मैंने कुछ न दिया।
अपने मन को समझाते।।

ऐसे परम कृपालु दयालु।
श्री राम चन्द्र को छोड़कर।।
मनुष्य दूसरे को भजते हैं।
बुरे व्यसनों में मन जोड़कर।।

वे बिना ही सींग पूँछ के।
सच में हैं पशु के समान।।
परम दयालु परम कृपालु।
हैं श्री राम चन्द्र भगवान।।

अपना सेवक मानकर प्रभु।
ने विभीषण को अपना लिया।।
सरल में ही लंका का।
अखण्ड राज्य उनको दिया।।

बानरों के देख हर्ष हुआ।
प्रभु का यह देख स्वभाव।।
प्रभु की जय कार करते।
श्री राम चरणों का है प्रभाव।।

फिर सब कुछ जानने वाले।
सबके हृदय में बसने वाले।।
सब रूपों में प्रकट होने वाले।
मनुष्य रूप में बड़े निराले।।

सबसे रहित, उदासीन।
भक्तों पर कृपा करने के लिये।।
मनुष्य रूप में प्रगटे।
भक्तों के कष्ट हरने के लिये।।

राक्षसों के सुख का नाश।
करने वाले श्री राम चन्द्र भगवान।।
जग कल्याण के लिये।
मानव बने हैं बड़े महान।।

तब प्रभु वचन बोले।
नीति की रक्षा करने वाले।।
अपनी प्रिय वाणी से।
भक्तों के कष्ट हरने वाले।।

हे वीर बानर राजा सुग्रीव।
लंकाधिपति विभीषण सुनिये।।
सब सोच विचार कर के।
अपने मन से मुझसे कहिये।।

इस गहरे समुद्र को अब।
पार करें हम किस प्रकार।।
इसमें अनेकों मगर, सांप, मछलियों।
निवास कर रही हैं हर प्रकार।।

हर प्रकार से कठिन है।
यह अथाह समुद्र करना पार।।
मैं अपने मन ही मन।
सोच रहा यही बार-बार।।

विभीषण ने प्रभु से कहा।
मेरी विनती सुनिये भगवान।।
आप जग के पालनकर्ता हैं।
संसार में हैं मानव महान।।

आपका एक ही बाण करोड़ों।
समुद्रों को सोखने वाला है।।
आपका नाम 'राम' ही।
बड़ा अद्‌भुत निराला है।।

उचित यही होगा पहले।
समुद्र से प्रार्थना की जाय जाकर।।
बड़े, प्रेम, और नीति से।
कहें उसे हम समझाकर।।

समुद्र आपके पूर्वज हैं।
उपाय बतायेंगे विचार कर।।
आपकी सेवा करेंगे।
आपका बड़ा सत्कार कर।।

तब रीछ और बानरों की।
सेना यह भंयकर भारी।।
सेना पार उतर जायेगी।
यही इच्छा है हमारी।।

प्रभु बोले है सखा तुमने।
यह अच्छा उपाय बताया।।
यही अब किया जाय।
यह मेरे मन भी आया।।

यह सलाह लक्ष्मण जी के मन के।
अच्छी नहीं लग पायी।।
प्रभु के वचन सुनकर के।
उनका मन हुआ दुःख दायी।।

लक्ष्मण जी ने कहा हे नाथ।
दैव पर भरोसा नहीं किया जाता।।
मन में क्रोध कीजिये।
अब धैर्य नहीं हो पाता।।

अब बिलम्ब न करें भइया।
अपने बाण को सम्भालिए।।
शीघ्र चला कर इस समुद्र को।
क्षण में सुखा डालिये।।

यह दैव तो कायरों के।
मन का होता है आधार।।
केवल तसल्ली देने का उपाय।
होता है यह बार-बार।।

इसीलिये आलसी लोग ही ।
दैव-दैव करते हैं पुकारा।।
दैव अपने शयन कक्ष में।
सोता रहता है बेचारा।।

श्री राम चन्द्र भगवान यह।
सुन करके हंस कर बोले।।
कैलास पति शंकर भोले ने।
ध्यान से अपने नेत्र हैं खोले।।

हे लक्ष्मण ऐसा ही करेगे।
मन में धीरज धरों तुम भाई।।
इस समुद्र में करोड़ों प्राणियों की।
आत्मा है समाई।।

समुद्र के समीप गये तब।
श्री राम चन्द्र भगवान।।
छोटे भाई को समझा कर।
अर्न्तयामी महान।।

प्रभु ने पहले सिर नवाकर।
समुद्र को किया प्रणाम।।
सारी सेना कहने लगी।
श्री राम जय राम जय जय राम।।

फिर किनारें पर बैठ गये।
प्रभु कुश का आसन बिछाकर।।
समुद्र से विनती करने लगे।
कहने लगे हमें पार कर।।

इधर ज्यों हीं विभीषण जी।
प्रभु के पास आये थे।।
त्यों ही रावण ने उनके पीछे।
अपने दूत भिजवाये थे।।

उन्होंने सब लीलायें देखी।
कपट से बानर का धर शरीर।।
अब सच दिखने लगे।
अपनी-अपनी तस्वीर।।

वे अपने हृदय में प्रभु।
के गुणों की करते हैं सराहना।।
शरणागत पर स्नेह करते हैं।
करने लगे प्रभु अराधना।।

फिर से प्रकट रूप से भी।
श्री राम चन्द्र भगवान की।।
स्वभाव की बड़ाई करते।
उर्न्तयामी महान की।।

वे अपने कपट वेश को।
भूल ही गये तत्काल।।
अब भेद लेने का तब।
आया नहीं मन में ख्याल।।

तब बानर वीरों ने जाना।
ये शत्रु के दूत आये हैं।।
हमारा रूप रख करके।
मन ही मन शरमाये हैं।

बानर उन सबकों बांध कर।
सुग्रीव के पास ले आये।।
ये रावण के दूत हैं।
भली-भाँति उनको समझाये।।

सुग्रीव बोले हे बानरों।
राक्षसों के अंग-भंग कर डालो।।
सुरक्षित न लौटाने पायें।।
अपनी-अपनी गदा सभालो।।

दूतों को बाँधकर बानरों ने।
चारों ओर घुमाया।।
तरह-तरह से मारते।
सब का मन घबराया।।

वे दीन होकर प्रभु का नाम।
'राम'-राम पुकारते थे।।
वीर-बानरों की मार से।
वे बहुत ही घबराये थे।।

जो हमारे नाक, कान काटेगा।।
श्री राम चन्द्र भगवान की।।
उसे सत्य कसम हैं।
जो दयालू बड़े महान कीं।।

यह सुनकर लक्ष्मण जी ने।
सबको अपने नजदीक बुलाया।।
उन्हें बड़ी दया आयी।
हंस कर के शीघ्र छुड़ाया।।

कहा रावण के हाथ में।
यह चिट्ठी, पढ़कर, भाँति
ही समझ लेना।।

फिर उस मूर्ख से यह।
सन्देश कहना मेरा उदार ।।
जो कृपा से भरा हुआ है।
दरसाता है वह सदा चार।।

कहना सीता जी को वापस देकर।
मिलो श्री रामचन्द्र भगवान से।।
तेरी रक्षा भी करेंगे।
अर्न्तयामी महान से।।

नहीं तो निश्चय ही समझना।
आ गया है काल तुम्हारा।।
सिर, हाथ, पांव, काट डालेंगे।
रहेगा नहीं कोई सहारा।।

लक्ष्मण जी के चरणों में।
सिर नवाकर करते प्रणाम।।
दूत वापस चल दिये।
स्मरण करते "राम" नाम।।

श्री राम चन्द्र जी का यश।
कहते-कहते लंका आये।।
'रावण' के चरणों में अपने।
बार-बार ही सिर नवाये।।

दशमुख 'रावण' ने बात पूछी।
बडे जोर से हंस कर।।
शुक कुशल क्यों नहीं करता।
क्यों खड़ा है दुःख सहकर।।

फिर उस विभीषण का सुना।
मुझे कैसा है समाचार।।
जिसकी मृत्यु निकट आ गयी।
क्या हो गया है वह लाचार।।

मूर्ख ने राज्य करते हुये।
लंका को ही त्याग दिया।।
उन मनुष्य वन चारियों का।
सहारा है उसने लिया।

घुन जैसा पिस जायेगा।
अब विभीषण बेचारा।
लंका छोड़ अभागा हो गया।
वह भी जायेगा मारा।।

फिर भालू और बानरों की।
सेना का कह सुना तू सारा हाल।।
बेकार में मारे जायेंगे।
आ रहा नहीं है उनको ख्याल।।

जिनके जीवन का रक्षक।
बन गया है समुद्र बेचारा।।
अब तक राक्षस उन्हें खा जाते।
फिर किसका रहता सहारा।।

फिर उन तपस्वियों की मुझे।
बात बता तू सारी।।
जिनके डर से मैंने भाई।
अभी तक है हिम्मत हारी।।

उनसे तेरी भेंट हुई।
हाँ कानों से ही सुनकर।
मेरा प्रताप यश और।
कीर्तियों को ही समझ कर।।

लौट गया अपने प्राणों की।
चिन्ता करके इस प्रकार।।
रावण का नाम सुनते ही।
मच जाता है हाहा कार।।

मुझे शत्रु सेना का।
तेज और बल तू शीघ्र बता।।
तू तो सचमुच लाया होगा।
मेरे शत्रु का पूरा पता।।

दूत ने कहा हे नाथ।
आप पूछ रहे हैं बार-बार।।
वैसे ही मेरी बात सुनिये।
क्रोध छोड़ कर हर प्रकार।।

मेरा कहना मानिये मेरी।
बात पर कीजिये विश्वास।।
मैं तो वहां सब देखकर।
हो रहा हूँ बडा निरास।।

जब आप का छोटा भाई।
श्री राम चन्द्र जी से जा कर मिला।।
एक नयी चीज का मैंने वहां।
तब ही देखा सिलसिला।।

विभीषण का राज तिलक।
किया श्री राम चन्द्र भगवान ने।।
जो दया की मूर्ति हैं।
अर्न्तयामी महान ने।।

हम रावण के दूत हैं समझकर।
बानरों ने हमें बांध लिया।।
अपनी गदाओं से बार-बार।
मार कर हमें कष्ट दिया।।

यहां तक की नाक-कान।
काटने लगे वे हमारे।।
फिर हम रह ही गये।
श्री राम चन्द्र के ही सहारे।।

श्री राम चन्द्र जी की शपथ।
दिलाने पर हमें है छोड़ा।।
इसी कारण हमने भी है।
श्री राम चरण में मन है जोड़ा।।

हे नाथ! आपने श्री राम चन्द्र जी।
सेना का पूछा है समाचार।।
सौ करोड़ मुखों से नहीं कहीं जाती।
कहने में हूँ मैं लाचार।।

अनेकों रंगों के भालू और।
बानरों की सेना है भारी।।
भयंकर मुख विशाल शरीर।
बड़े ही हैं प्रलय कारी।।

हे लंका धिपति महा राज।
जिसने हमारे लंका नगर को जलाया।
और आपके वीर पुत्र को।
अक्षय कुमार को मार गिराया।।

उसका बल तो उस सेना में।
थोड़ा समझा जाता है।।
बड़े-बड़े वीरों को देखकर।
मन ही मुरझा जाता है।।

असंख्य नामों वाले वहां।
भयंकर योद्धा है कठोर।।
गर्जने से ही हाहा कार।
मची हुई है चारों ओर।।

उनमें कई हाथियों का बल है।
वे बडे ही हैं विशाल।।
कोई हरे, पीले, काले नीले।
कोई रक्त के समान हैं लाल।।

द्विविदू, मंयद, नील नल।
अंगद जैसे बड़े बलभारी।।
योद्धाओं को देखकर ही।
हमने ही है हिम्मत हारी।।

गद्द, बिटकासि, दधि मुख।
केसरि, बिकट औ जाम वान।।
सभी बल की राशि हैं।
बड़े-बल कारी बड़े महान।।

ये सब बानर बल में।
सुग्रीव के ही समान हैं।।
इनकी संख्या करोड़ों में है।
जो बडे ही बलवान हैं।।

इतनी बड़ी सेना को वहां।
कौन ही गिन पाता है।।
आगे गिनते-गिनते वह।
पीछे भूल जाता है।।

उनमें अतुलनीय बल है।
सभी योद्धा हैं बड़े भारी।।
उन्हें देख कर हे लंकापति।
हमने स्वयं है हिम्मत हारी।।

वे तीनों लोकों को सब।
समझ रहे हैं तृण समान।।
एक से एक योद्धा हैं।
एक से एक बड़े बलवान।।

हे दशशीश मैंने वहां।
अपने कानों से सुना इस प्रकार।।
सुन कर मैं चकरा रहा था।
वहां जाकर बार-बार।।

अठारह पदम तो बानरों के।
सेना पति हैं वहां बल भारी।।
कोई ऐसा बानर नहीं है।
वहां स्वयं की चमत्कारी।।

जो आपको रण में।
जीत नहीं पाता है।।
अर्थात सब महान योद्धा है।
मेरी समझ में नहीं आता है।।

सबके सब हाथ मलते हैं।
क्रोध भरकर मन में भारी।।
लंका में आक्रमण करने की।
कर रहे हैं वे तैयारी।।

हम मछलियों और सांपों सहित।
सारे समुद्र को सोख लेंगे।।
'राम' कृपा से एक ही दिन में।
सुखा कर इसे दिखा देंगे।।

नहीं तो बड़े पर्वतों।
को लाकर उसे पाट देंगे।
समतल बना देंगे धरती को।
श्री राम कृपा ही दिखा देंगे।।

हम रावण को मसल कर।
धूल में मिला डालेंगे।।
वे सब के सब निडर हैं।
अपनी-अपनी गदा सभाँल लेंगे।।

गरजते, झपटतें बानर वीर।
मानो लंका को ही निगल जायेंगे।
फिर क्या शेष बचेगा।
बार-बार पछतायेंगे।।

सब बानर भी रावण।
बड़े ही भारी शूर वीर हैं।।
फिर उनके सिर पर प्रभु।
श्री राम चन्द्र की तस्वीर हैं।।

हे रावण वे युद्ध में।
करोड़ो कालों को जीत सकते हैं।।
जिनके नाम 'राम' स्मरण में।
हर क्षण आंसू बहते हैं।।

प्रभु के तेज, बल, बुद्धि की।
अधिकता है जो सारी।।
करोड़ों शेष भी नहीं कह सकते।
सच में सबने हिम्मत हारी।।

वे एक ही बाण में सैकड़ों।
समुद्रों को सुखा डालते हैं।।
सारी पृथ्वी डोलने लगती।
अब वे धनुष सम्भाँलते हैं।।

परन्तु प्रभु नीति निपुण।
नीति रक्षा को लिये लिया अवतार।।
यह विश्व विदित है।
हर प्राणी सोचता बार-बार।।

फिर भी आपके भाई विभीषण से।
उपाय पूछ रहे हैं।
जब कि प्रभु मन ही मन।
सब समझ रहे हैं।।

आपके भाई के वचन सुन।
समुद्र से राह मांग रहे हैं।।
हे समुद्र हमें मार्ग दो।
विनती उनसे कर रहे हैं।।

प्रभु के मन में समुद्र के लिये।
कृपा ही भरी है बड़ी भारी।।
इसलिये उसे सोखते नहीं।
कृपा ही कर रहे हैं सारी।।

दूत के वचन सुन करके।
रावण हंसा बडे जोर से।।
सारी लंका कांप गयी।
इस भयंकर शोर से।।

बोला जब ऐसी ही बुद्धि है।
बानरों को सहायक बनाया है।।
डरपोक विभीषण के वचन को।
उसने ने ही सच्चा पाया है।।

अरे मुर्ख झूठी बड़ाई।
क्या कर रहा मेरे सामने।।
'राम' का बल बुद्धि जान लिया।
अब होंगं आमने-सामने।।

जिसका डरपोक मन्त्री हो।
मेरे भाई विभीषण जैसा।।
क्या बलवान हो सकता है।
होगा ही वह ऐसा वैसा।।

दुष्ट रावण के वचन सुनकर।
शुक का क्रोध बढ़ आया।।
उसने तुरन्त पत्रिका देकर।
रावण को है समझाया।।

यह पत्रिका दी है।
श्री राम चन्द्र के छोटे भाई ने।।
जो अयोध्या पति हैं।
राजाओं के राजा रघुराई ने।।

हे नाथ! इसे पढ़वा कर।
अपनी छाती ठण्डी कीजिये।।
वे साक्षात प्रभु परमेश्वर हैं।
यही सच समझ लीजिये।।

'रावण' ने उसे अपने।
बाये हाथ में ले लिया।।
अच्छा कह कर वह दुष्ट।
बड़े जोर से हंस दिया।।

पत्रिका में लिखा था।
अरे मूर्ख केवल बातों से रिझाकर।।
अपने कुल को नष्ट न कर।
हर काम करले सोच समझकर।।

अरे मूर्ख तू' कदापि वैर न कर।
श्री 'राम चन्द्र' भगवान से।।
जो परम् ब्रह्म, परमेश्वर हैं।
अर्न्तयामी महान से।।

ब्रह्मा, विष्णु व महेश की।
शरण में तू जाने पर भी।।
अपने को नहीं बचा सकता।
कोई भी शक्ति पाने पर भी।।

अपने छोटे भाई 'विभीषण''।
की भाँति छोड़ कर अभिमान।।
प्रभु की चरणों में चला जा।
दे करके उनको सम्मान।।

अथवा हे दुष्ट अपने को।
बचा ले श्री राम चन्द्र के बाणों से।।
क्या तुझे प्रेम नहीं है।
अपने ही प्रिय प्राणों से।।

प्रभु के बाण रूपी अग्नि में।
पंतग न वन सोच समझकर।।
वैसे जो अच्छा लगे कर।
सोच ले अपने मन के अन्दर।।

पत्रिका पढकर रावण।
बड़ा ही भयभीत हो गया।।
चारों ओर मौत समझकर।
मौत में ही खो गया।।

पर मुख से वह मन ही मन।
बड़ा ही मुस्कुराया।।
भीतर ही भीतर उसे।
बड़ा ही क्रोध आया।।

जैसे कोई पृथ्वी पर पड़ा।
हाथ से पकड़ना चाहता आकाश।
ये तपस्वी लक्ष्मण को भी।
है ऐसा ही विश्वास।

शुक दूत ने कहा हे नाथ।
अभिमानी स्वभाव छोड़कर।।
मेरे वचन सुन कर।
प्रभु चरणों में प्रीति जोड़कर।।

हे नाथ! बैर त्याग दीजिये।
प्रभु श्री राम चन्द्र भगवान से।।
जो परम् ब्रह्म परमेश्वर हैं।
अर्न्तयामी महान से।।

यद्यपि श्री राम चन्द्र भगवान।
समस्त लोकों के स्वामी हैं।।
इस जग के पालन कर्ता हैं।
संसार के अर्न्तयामी हैं।।

परन्तु अत्यन्त ही सरल।
और कोमल है उनका स्वभाव।।
तीनों लोकों में फैला है।
उनको कीर्ति का प्रभाव।।

मिलते ही प्रभु आप पर।
कृपा कर देंगे भारी।।
मैंने तो सोच समझकर।
यही बात है विचारी।।

अपराध को क्षमा करेंगे।
प्रभु सारे जग के स्वामी हैं।
परम् बह्म परमेश्वर हैं।
जगत के अन्तयामी हैं।।

बड़े दयालू बड़े कृपालू।
श्री 'राम चन्द्र' भगवान है।।
इस जग के पालन कर्ता है।
संसार के अर्न्तज्ञान हैं।।

धूल में ही मिला देंगे।
उस रावण को मसल कर।।
सब बानर हंस रहे हैं।
बड़े जोर से यह कह कर।।

सारी बानर सेना सहज ही।
बड़ी निर्भय और निडर है।।
बड़े-बड़े वीर हैं सेना में।
पता नहीं कौन किधर है।।

बार-बार गजरते हैं।
कर रहे हैं भारी हुंकार।।
पर्वतों पर उछल रहे हैं।
श्री राम चन्द्र की कर जय कार।।

मानों ये भयंकर वीर।
चाहते लंका को निगल जाना।।
युद्ध के लिये तैयार हैं।
मुश्किल है इनको रोक पाना।।

सब बानर भालू सहज ही।
बड़े ही हैं शूर बीर।।
युद्ध की है खींच गयी है।
इनके माथे पर लकीर।।

फिर उनके सिर पर प्रभु।
श्री राम चन्द्र भगवान हैं।।
जो परम् ब्रह्म परमेश्वर हैं।
करते जग कल्याण हैं।।

करोड़ों कालों को जीत।
सकते हैं वे 'रावण' संग्राम में।।
सारे लोकों की शक्ति।
समाई हुई है श्री राम में।।

प्रभु के तेज, बल बुद्धि को।
लाखों शेष नहीं गा सकते।।
अर्न्तयामी प्रभु श्री राम चन्द्र का।
कोई भी अन्त न पा सकते।।

वे एक ही वाण में सैकड़ों।
समुद्र सोख सकते हैं।।
परन्तु नीति की रक्षा के लिये।
सब की भलाई से रूकते हैं।।

आपके भाई से उपाय पूछा।
श्री राम चन्द्र भगवान ने।।
जो परम् ब्रह्म परमेश्वर हैं।
अर्न्तयामी -महान ने।।

आपके भाई के वचन सुनकर।
समुद्र से मार्ग मांग रहे हैं।।
मन में उनके कृपा भरी है।
सबका भला चाह रहे हैं।।

इसलिये हे रावण' उसे वे।
राम वाण से नहीं सोखते।।
महा बली लक्ष्मण को भी।
वाण चलाने से हैं रोकते।।

दूत के ये वचन सुनकर।
हंसता रावण कर हाहाकार।।
वीर बानर कर रहे हैं।
श्री राम चन्द्र का जय जय कार।।

बोला "रावण" जब ऐसी बुद्धि है।
तब बानर सैनिक बनाये हैं।।
दूत पर प्रहार करने से।
राक्षस वीर स्वयं लजाये हैं।।

स्वभाविक ही डरपोक विभीषण।
के वचनों का लेकर के प्रमाण।।
समुद्र से मार्ग मांग रहे हैं।
वे अर्न्तयामी प्रभु श्री "राम"।

बस मैंने प्रभु श्री राम के।
बल बुद्धि का पता लगा लिया।।
अब युद्ध करने के लिये।
सारा उपाय है कर लिया।।

हे लंका धिपति मेरी यह।
विनय है आपसे भारी।।
सीता माता को लौटा दीजिये।
यही है सबका हितकारी।

अब रावण ने ऐसा सुना।
वह तो था ही अत्याचारी।।
उसे बड़ा क्रोध आया।
उसने उसको लात है मारी।।

वह भी विभीषण की भाँति।
रावण के चरणों में सिर नवाकर।।
श्री राम चन्द्र की जय कह कर।
श्री राम नाम में मस्त रहकर।।

चला गया प्रभु के पास।
कर रहा श्री राम चन्द्र को प्रणाम।।
मन ही मन जप रहा है।
श्री राम जय राम जय जय राम।।

अपनी कथा सुनाई प्रभु।
श्री राम चन्द्र भगवान को।।
जो परम् ब्रह्म परमेश्वर हैं।
अर्न्तयामी महान को।।

प्रभु की कृपा से उसने।
अपनी गति सुनि की पायी।।
श्री राम नाम के ध्यान में।
अपनी सारी शक्ति लगायी।।

अगस्त्य ऋषि के शांप से।
राक्षस हुआ था वह मुनिज्ञानी।।
'शिवजी' कहते आगे की कथा।
तुम ध्यान लगाकर सुनों भवानी।।

अपने आश्रम को चला गया।
चरणों की बन्दना कर बार-बार।।
श्री राम चन्द्र की जय हो।
करता रहा जय जय कार।।

इधर तीन दिन बीत गये।
समुद्र विनय नहीं मानता।।
प्रभु के 'राम' वाण को।
वह मूर्ख क्या है जानता।।

तब श्री राम चन्द्र भगवान।
क्रोध ही करके बोले।।
समुद्र की दशों दिशायें।
आपस में हिलकर डोले।।

हे सखा लक्ष्मण बिना।
भय के न होती प्रीति।।
वेद, पुराण, शास्त्रों में।
सब में कहीं है यही रीति।।

हे लक्ष्मण सुनो मेरे तुम।
शीघ्र ही लाओ धनुष बाण।।
एक ही वाण से सोख लेता हूँ।
इस मूर्ख समुद्र के प्राण।।

मूर्ख से विनय और ।
दुष्ट से प्रीति न हो पाती।।
स्वाभाविक ही कंजूस से।
नहीं होती सुन्दर नीति।।

ममता में फंसे हुये मनुष्य से।
कौन कहे कथा ज्ञान की।।
अति लोभी से बैराग्य वर्णन।
क्रोधी से कथा भगवान की।।

क्रोधी से शान्ति की बात।
प्रभु कथा कौन कहे कामी से।।
विश्वास नहीं होना चाहिये।
कभी भी नमक हरामी से।।

इनका वैसा ही फल।
सचमुच होता है तत्काल।।
इनके साथ प्रीति का।
कोई नहीं होता सवाल।।

जैसे ऊसर भूमि में।
बीज बोया ही जाता है।।
बीज उग सकता नहीं।
श्रम व्यर्थ ही हो जाता है।।

ऐसा कह कर धनुष चढ़ाया।
श्री राम चन्द्र भगवान ने।।
जो परम् ब्रह्म परमेश्वर हैं।
अर्न्तयामी महान ने।।

यह मत लक्ष्मण जी को।
बहुत ही अच्छा लगा।।
वह अपने से चाहते थे।
मन प्रसन्न यह सच्चा लगा।।

अपने धनुष पर प्रभु ने।
अग्नि वाण किया संधान।।
जिससे समुद्र का हृदय ।
शीघ्र हो गया कंम्पायमान।।

मगर, सांप, मछलियों के।
समूह हो गये व्याकुल भारी।।
सारे जीव जल रहे हैं।
तब समुद्र ने बात विचारी।।

तब सोने के थाल में वह।
अत्यन्त रत्नों को भरकर।।
अपना विनाश समझ।
आँसुओं में आँसू भरकर।।

वह ब्राँहमण के रूप में आया।
सारा अभिमान छोड कर।।
प्रभु श्री राम चन्द्र जी के।
चरणों में प्रीति जोड़ कर।।

काक भुशुण्डि जी कहते हैं।
हे गरूड़ नीच उन्हें कहते हैं।।
चाहे करोड़ों उपाय करें।
वे अपने स्वभाव में रहते हैं।।

केले को कितने उपाय से सीचें।
पर काट कर ही फलता है।।
क्यों कि वह दुष्ट बुद्वि।
सदा दुष्टों के साथ रहता है।।

नीच प्रेम से नहीं मानता।
डॉटने पर रास्ते पर आता है।
प्रेम से नीच को क्या।
कभी कोई समझाता है।।

समुद्र के भयभीत होकर।
प्रभु के चरण पकड़ कर।।
हे नाथ! मुझे क्षमा करें।
मुझे नीच ही समझ कर।।

हे नाथ! हे कृपा निधान।
पृथ्वी, जल, अग्नि, वायु, आकाश।।
इनकी करनी स्वभाव से जड़ है।
बुद्वि रहती नहीं इनके पास।।

आपकी प्रेरणा से इन्हें माया ने।
सृष्टि के लिये बनाया है।।
इसीलिये इन सब में प्रभु।
भारी अभिमान समाया है।।

जिसके लिये जैसी आज्ञा।
होती है आज जैसे स्वामी की।।
मेरे लिये क्या आज्ञा है।
हे नाथ! आप जैसे अर्न्तयामी की।।

जैसी आज्ञा है वह उसी।
प्रकार से सुख पाता है।।
नहीं तो अपने ही में।
स्वयं ही रह जाता है।।

हे प्रभु आपने मुझे जो।
दण्ड दिया है इस प्रकार।।
बड़ा ही अच्छा किया है।
आपके चरणों में मेरा नमस्कार।।

परन्तु जीवों का स्वभाव भी।
आपने ही है बनाया।।
आपकी कृपा से ही इनमें।
आपका नाम राम' है समाया।।

इसी प्रकार हे नाथ।
ढोल, गवार, पशु और नारी।।
इनकी करनी स्वभाव से जड है।
सोच समझ कर बात विचारी।।

आप की प्रेरणा से माया ने।
सृष्टि के लिये उत्पन्न किया है।।
इसीलिये इनके स्वभाव पर।
उनके मन ने अभिमान लिया है।।

हे नाथ! ये सबके सब।
शिक्षा के ही है अधिकारी।।
इन्हें डांटना पड़ता है।
समय देखकर बारी-बारी।।

प्रभु के प्रताप से में मैं।
सूख ही जाऊँगा तत्काल।।
मेरा नाश हो जायेगा।
किजिये प्रभु मेरा ख्याल।।

शीघ्र ही आप की सेना।
हो ही जायेगी प्रभु बार।।
मैं जीवित नहीं रहूँगा।
सोचिये मन में कर विचार।।

हे नाथ! मेरी मर्यादा नहीं।
रहेगी न ही मेरी बड़ाई।।
यही सोचकर हे नाथ।
मेरी बुद्धि है बड़ी शरमाई।।

हे नाथ! आपकी आज्ञा।
का उल्लघंन नहीं कर पाता।।
ऐसा ही वेद गाते हैं।
मन दुःखीं हो जाता है।।

अब आपको जो अच्छा।
लगे प्रभु की जिये आप।।
आप कृपा के निधान हैं।
कृपा करके मुझे कीजिये माफ।।

अब आपको जो अच्छा लगे।
मैं शीघ्र करूंगा मेरे स्वामी।।
मुझ पर कृपा की जिये।
हे प्रभु आप हैं अर्न्तयामी।।

समुद्र के अन्यन्त विनीत।
वचन सुनकर श्री भगवान।।
मुस्कुरा कर कहते हैं।
अर्न्तयामी प्रभु महान।।

हे तात् यह मेरी बानर सेना।
समुद्र पार हो जिस प्रकार।।
वह उपाय बताओं तुम अब।
अब गुण न गाओं बार-बार।।

समुद्र ने कहा हे नाथ।
नल और नील दो भाई हैं।।
लड़क पन से दोनों में।
ऋृषि कृपा समाई है।।

उनके स्पर्श करने से ही।
पहाड़ जैसे भारी-भारी।।
पहाड़ भी आपके प्रताप से।
तैर जायेंगे बारी-बारी।।

इन्होंने लड़क पन में।
ऋृषि से आशीर्वाद पाया है।।
इनमें अतुलित बल भी है।
इनमें यह चमत्कार समाया है।।

मैं भी आपके नाम "राम"।
अपने बल के ही अनुसार।।
चरणों को हृदय में धारण कर।
अपनी बुद्धि से हर प्रकार।।

जहां तक वन पड़ेगी सहायता।
ही करूंगा हे कृपा निधान।।
आप परम् ब्रह्म परमेश्वर है।
श्री "राम चन्द" भगवान।।

आप समुद्र पर पुल शीघ्र।
बनाईये प्रभु इस प्रकार।।
में आपकी शरण में हूँ।
क्षमा कीजिये बार-बार।।

जिससे तीनों लोकों में आपका।
सुन्दर यश गाया जायेगा।।
हर प्राणी 'राम' नाम स्मरण कर।
बड़ी ही मन की शान्ति पायेगा।।

हे प्रभु आप इस वाण से।
मेरे उत्तर तट पर रहने वाले।।
दुष्ट प्रवृति के राक्षस हैं।
जो सब हैं अभिमान संभाले।।

दयालु, कृपालु और रणवीर।
प्रभु श्री राम चन्द्र भगवान।।
ने समुद्र की पीड़ा हरली।।
जो अर्न्तयामी है महान।।

अर्थात एक ही वाण से।
प्रभु ने उनका वध कर डाला।।
फिर समुद्र की ओर देखकर।
अपना सुन्दर धनुष सम्भाँला।।

प्रभु का बल, औरे पौरस।
देखकर समुद्र प्रसन्न हो गया।।
श्री राम जय राम जय जय राम।
महामन्त्र में खो गया।।

समुद्र ने उन दुष्टों का।
सारा चरित प्रभु को सुनाया।।
फिर चरणों की वन्दना करके।
समुद्र वापस चला आया।।

समुद्र घर चला गया।
जय करते श्री राम भगवान की।।
जो परम् ब्रह्म परमेश्वर हैं।
अर्न्तयामी महान की।।

समुद्र घर चला गया।
जय करते श्री राम भगवान की।
जो परम् ब्रह्म परमेश्वर हैं।
अर्न्तयामी महान की।।
प्रभु श्री राम चन्द्र जी को।
उसकी सलाह बहुत अच्छी लगी।।
समुद्र की विनय भरी वाणी।।
सुनकर बड़ी सच्ची लगी।।
हे सन्त जनों यह चरित कलयुग।
के पापों को हरने ही वाला है।।
सबको सुख देने वाला।।
'राम'-नाम ही रख वाला है।
श्री राम चन्द्र जी पूर्ण काम।।
गुण समूह के धाम हैं।
जो परम् ब्रह्म परमेश्वर हैं।।
माया पति श्री राम हैं।
प्रभु श्री राम चन्द्र भगवान जी।।
सन्देह का नाश करने वाले हैं।
तीनों लोकों में महा प्रभु।।
सचमुच बड़े ही निराले हैं।
इसे महाकवि श्री तुलसी दास ने।।
अपने बुद्धि अनुसार गाया है।
सच मानों तो सचमुच ही।।
गागर में सागर समाया है।
'घरम' पाल भी सरल कविता में।।
लिखते हैं अपनी गुरू की वाणी।।
जो दुःख को हर लेती है।
सुन्दर काण्ड की सरल कहानी।।
अरे मूर्ख इस संसार का।
आशा-भरोसा त्याग कर।।
निरंन्तर राम नाम गा।
आज से ही जाग कर।।
श्री राम चन्द्र भगवान का गुणगान।
सभी मंगलों को देने वाला है।।

जो आदर सहित पढेंगे, सुनेंगे।
वह बड़ी ही किस्मत वाला है।।
वे मानव बिना किसी जहाज के।
भव सागर को तर जायेंगे।।
राम नाम के बिना मानव।
पशु समान मर जायेंगे।।
'धरम पाल' सरल कविता में।
गाते हैं नित- 'राम'-नाम।।
अन्त समय आयेगा जो काम।
श्री राम जय राम जय जय राम।।
श्री हनुमान जी के चरणों में पड़ा।
हूँ प्रभु करना मेरा भी ख्याल।।
हनुमान चालीसा पढ़ता हूँ।
चरणों में पड़ा है 'धरम पाल'।।
कलियुग के समस्त पापों का।
शीघ्र ही नाश करने वाले।
इस धरती पर सदा ही।
धर्म की रक्षा करने वाले।
श्री राम चरित मानस का यह।
समाप्त हुआ पाँचवा सोपान।।
सबकी रक्षा सदा करेंगे।
श्री राम चन्द्र भगवान।।
'धरम पाल' सरल कवि भी।
प्रभु चरणों का ही दास है।।
श्री सीता राम अवश्य कृपा।
करेंगे मेरा विश्वास है।।

श्री राम जय राम जय जय राम

जय श्री राम

विवरण : लेखन समय -
1994-11-21 समाप्त।
1994-11-01 प्रारम्भ।
00-00-20 दिन

सरल कविता
हिन्दी पद्य - 1120
लाइन - 4480

पवन पुत्र बजरंग बली
हनुमान जी की कृपा से
सुन्दुर काण्ड पूर्ण हुआ।।

पुनः राक्षित -
27.01.2017

रचयिता : धरम पाल आर्य (सरल लेखक कवि)
संगम विहार काठगोदाम हल्द्वानी, जिला नैनीताल, उत्तराखण्ड, भारत।
मोबाइल नं० - 8954344276